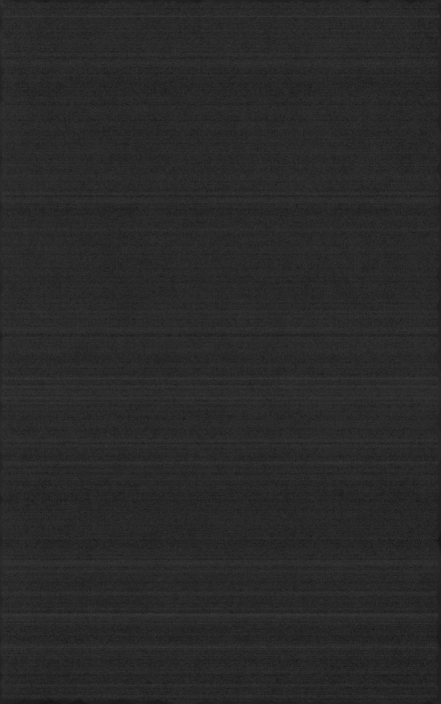

오순정은 오늘도

오순정은 오늘도

지은이｜김양미
발행인｜신중현

초판 발행｜2024년 10월 29일

펴낸곳｜도서출판 학이사
출판등록｜제25100-2005-28호

대구광역시 달서구 문화회관11안길 22-1(장동)
전화_(053) 554-3431, 3432   팩시밀리_(053) 554-3433
홈페이지_http://www.학이사.kr
이메일_hes3431@naver.com

ISBN _ 979-11-5854-534-5 03810

* 이 책은 대구출판산업지원센터의 '2024년 대구우수출판콘텐츠
제작 지원 사업'에 선정되어 발행되었습니다.

오순정은
오늘도

김양미 소설집

學而思 | 학이사

오순정은 오늘도

김종만을 만난 건 내 나이 스물일곱 무렵
이었다. '애가 가진 건 없어도 우직하고 성실하다'는 직장
선배의 말에 만나 보겠노라고 했다. 이왕이면 잘생기고 돈
많은 남자가 더 낫지 않겠냐고 친구들은 말했지만 얼굴 같
은 건 내게 그다지 중요하지 않았다. 능력 있고 예쁜 여자들
이 넘쳐나는 세상 속에서 구태여 돈 없고 애교도 없는 나 같
은 사람을 좋아할 이유가 없다. 그러므로 '우직하고 성실하
다'는 말에 마음이 끌렸다.

　　토요일 오전 근무를 마치고 약속 장소인 성북동 '맘모스
제과점'으로 향했다. 아버지가 좋아하는 단팥빵을 사기 위
해 퇴근길에 가끔 들르던 곳이었다. 쓸데없이 비싼 돈 써가

며 커피나 홀짝거리는 것보다 그런 곳이 실속 있고 좋았다.

빵집에 앉아있는 김종만을 한눈에 알아보았다. 열심히 일하며 살아온 남자의 몸에서 땀내처럼 풍겨져 나오는 성실함이 느껴졌다. 물어보나 마나 김종만이었다. 인사를 나누고 묵묵히 빵을 씹으며 앉아있는 과묵함도 마음에 들었다. 말이 많다는 건 가볍다는 것이고, 가벼운 건 쉽게 변한다. 잔뜩 부풀어 있는 알록달록 풍선처럼, 손에 땀이 나도록 붙잡고 있지 않으면 언제든 날아가 버릴 것에는 더 이상 관심이 없다.

사라다 빵을 입가에 묻히지 않도록 조심스레 먹고 있는데 그가 처음으로 입을 열었다.

"빵을 좋아하나 봐요?"

"어렸을 때 제 별명이 빵순이었거든요."

"아, 네. 빵순이…."

김종만이 살짝 웃었다. 큰 소리로 허풍스럽게 웃지 않는 것도 마음에 들었다.

예전에 잠시 사귀었던 박병호는 틈만 나면 목청을 돋워 크게 웃어대는 남자였다. 돈 씀씀이가 헤폈으며 시간을 제대로 지킨 적이 없었다. 그랬던 그가 한번은 아예 약속 장소에 나타나지 않았다. 목젖이 보일 만큼 호탕하게 웃어대던 박병호에게 딴 년이 생겼다는 걸 얼마 후에야 알게 됐다. 빨간색 프라이드를 끌고 다니는 머리가 빈, 아니 긴 여자였다.

두 시간 가까이 함께 앉아있으며 묻는 말에만 짧게 대답하던 그가 나에게 물어온 것이라곤, '빵을 좋아하냐' '빵을 더 먹겠냐' 딱 두 가지였다. 사는 곳은 어디냐, 대학은 어딜 나왔냐, 부모님은 뭘 하시냐, 따위의 것은 묻지 않았다.

조금 앞선 걸음으로 빵집 문을 열고 나온 김종만이 말했다.

"다음엔 빵보다 술이나 한잔하죠."

빵보다 술이라, 왠지 그 표현이 멋지다는 생각을 했다.

처음 만난 이후, 김종만에게서는 아무 연락이 없었다.

내가 마음에 안 들었나? 아니 어쩌면, 먼저 연락하기가 부끄러워서일지도 몰랐다. 그렇다고 마냥 기다리자니 애가 탔다. 잘생긴 것도 말을 잘하는 것도 아니었지만 나는 김종만이 마음에 들었다. 직장 선배에게 전해 들은 바로는, 나와 처지가 비슷해 일단 부담이 없고 입을 가볍게 놀리지 않는 묵

직함도 좋았다. 전화기 앞에서 눈 빠지게 기다리느니 내가 먼저 연락을 해보기로 했다. 아쉬운 년이 우물을 파는 게 맞다.

"저, 기억하시죠? 지난번에 빵집에서 만난…."

"아, 네."

"제가 전화 드린 이유는요."

'가문의 영광'이라고, 요즘 이 영화가 난리라며 시간 되면 같이 보러 가자고 했다.

"…."

"김정은이 그렇게 웃긴대요. 안 보면 진짜 후회한다던데…."

"그래요, 그럼."

자존심이 조금 상하긴 했지만 일단은 약속을 잡았으니 됐다. 이번에 만나면 어떻게든 김종만의 마음을 사로잡아야겠다는 생각에, 멋쟁이 종미에게 옷을 빌려 입기로 했다.

개나리색 원피스에 새로 산 구두를 신고 약속 장소로 나갔다.

주말이라 그런지 피카디리 극장 앞에는 줄이 길게 늘어서 있었다. 혹시 그 속에 종만 씨가 있는지 찾아보았지만 보이지 않았다. 표를 구하지 못하면 어쩌나 두리번거리고 있는데 저만치서 담배를 피우고 서 있는 그가 보였다.

"어머, 벌써 와 계셨네요."

"주말이라 표 구하기 어려울 거 같아서요."

그러고 보니 김종만의 손에는 영화표 두 장이 들려있었다.

용기를 내어 먼저 연락하길 잘했다. 이런 배려심을 가진 사람이라면 책임감 없는 행동 따윈 하지 않을 거라는 믿음이 생겼다. 고소한 팝콘 향이 풍겨져 나오는 극장에 들어서니 영화를 보러 온 연인들로 붐비고 있었다. 그동안은 보고 싶은 영화가 있어도 쌍쌍바처럼 머리를 맞대고 붙어있는 커플들 사이에 혼자 뻘쭘히 앉아있는 게 싫어 오지 못했다. 하지만 오늘만큼은 나도 당당하게 그 대열에 끼어 앉았다. 영화를 보는 동안 앞자리 옆자리 연인들처럼 손이라도 슬쩍 잡아주길 바랐지만, 김종만은 두 손을 깍지 껴 무릎 위에 얌전히 올려놓고 있었다. 박병호처럼 가벼운 남자가 아니라 다행이다 싶으면서도 살짝 서운한 마음이 들었다.

뱃살이 땅길 만큼 실컷 웃고 나와 근처 삼겹살집으로 갔다. 주말 저녁, 종로에는 데이트를 즐기러 나온 사람들로 넘쳐났다. 영화가 재밌었냐고 묻자 그냥 봐줄 만은 했다고, 삼겹살을 좋아하냐고 묻자 싫어하지는 않는다고, 주량이 어느 정도 되냐는 질문에는 남들만큼은 마신다고 대답했다. 소주 두 병을 비우고 난 그가 비스듬한 시선으로 나를 바라봤다.

"노란색 옷이 잘 어울리네요."

그의 칭찬에 기분이 좋아져 앞에 놓인 소주잔을 홀짝홀짝 비웠다. 물에다 사카린을 풀어놓은 듯 달짝지근한 맛이 났다. 김종만은 빵집에서의 첫 만남과는 달리, 술이 들어가자 말이 제법 많아졌다. 남들만큼은 마신다더니 소주 세 병을 비우고 나자 살짝 휘청거렸다. 삼겹살집을 나와 담배 한 대를 피워 물고는 길가에 주저앉았다. 주말 밤이라 택시비도 만만찮게 나올 텐데, 버스가 끊길 시간이었다.

"저기요 종만 씨, 버스 어디서 타요?"

"버스 안 타요."

"그럼 택시 잡아드려요?"

"택시 안 탄다니까."

"그럼 집에 어떻게 가려고요."

"안 가요."

"네?"

"걱정되면 방 하나 잡아주고 가든가."

어쩔 수 없이, 휘청이는 그를 붙잡고 가까운 모텔로 갔다.

방에 들어온 김종만은 잠시 침대에 앉아있더니 언제 그랬냐는 듯 멀쩡한 얼굴로 달려들어 내 옷을 벗기려고 했다. 이제 겨우 두 번 만난 것뿐인데 너무 쉬운 여자로 보이기는 싫었다. 삼겹살과 담배 냄새가 섞인 그의 몸을, 이러지 말라며 밀쳐냈다. 서로를 조금 더 알고 난 후에 몸을 주는 게 순서일 듯했다. 하지만 끝내, 그의 손을 뿌리치진 못했다.

그날의 일을 후회하냐고 묻는다면… 잘 모르겠다. 지금와 생각해 보니 후회하는 쪽에 가깝지만 김종만과 결혼하지 않았다 하더라도 더 좋은 남자를 만났으리라는 보장은 없다. 내 밑으로 셋이나 딸린 동생들 뒷바라지에 죽어라, 일만하며 살았을 거다. 어떤 삶을 살았든 힘들기는 마찬가지겠지만 그나마 나에게 아이들이 있다는 건 위안이 된다. 그마저 없었다면 내 인생에 뭐가 남았겠나.

첫째를 낳고 얼마 안 있어 바로 둘째가 들어서는 바람에 일하던 곳으로 다시 돌아가지 못했다. 둘째가 태어난 뒤로 계속 놀고만 있을 수 없어 일자리를 구하러 다녔다. 그러다 찾아낸 곳이 오리공장이었다. 집에서 멀지 않고 시급도 다른 데보다 조금 높았다. 벼룩시장에 나와 있는 번호로 전화를 걸었더니 일단 와보라고 했다.

버스에서 내려 이마트 뒤편으로 나 있는 골목길을 꺾어 꺾어 들어가니 '신선식품'이라는 공장이 나왔다. 면접을 보러 왔다고 하자 냉동 트럭에다 짐을 싣고 있던 젊은 남자가 사장실로 안내해 주었다. 문을 열고 들어가니 탤런트 주현을 닮은 40대 중반 정도의 살집 많은 남자가 이빨을 쑤시며 앉아있었다. 인사를 하고 사장으로 보이는 그 남자에게 이력서를 내밀었다.

"뭐 이런 게 중요한 건 아니고."

이쑤시개를 재떨이에 던져 넣으며 사장이 위아래로 나를 훑어봤다.

"젊은 여자가 이런 데서 일하는 게 쉽지 않을 텐데."

나이가 젊다는 것이 불리하게 작용할 줄은 몰랐다. 일단 이유는 잘 모르겠지만 사장을 설득하기 위해, 무조건 할 수 있다고, 겉모습만 보고 판단하지 말라고 했다. 그러자 능글맞은 표정으로 남자가 크크 웃었다.

"겉모습 아니면 속모습 보고 판단해?"

다시 보니, 주현보다 훨씬 못생긴 사장이 인터폰으로 작업반장을 불렀다.

"일단 시켜 봐. 며칠 하다 도망가면 돈 못 받으니까 알아서 하고."

위생복으로 갈아입은 뒤 소독실을 거쳐 작업실로 갔다. 밖에서 볼 땐 눈이 부실 정도로 형광등 불빛이 환한 창고처럼 보였는데 문을 열고 들어서자 온몸에 소름이 돋았다. 그곳은 그냥 하나의 커다란 냉동고였다. 오리가 상할까 봐 온도를 최대한 낮춰놓았기 때문인 듯했다. 한쪽에서는 절단기가 살벌하게 윙윙 돌아가고 맞은편 쪽에서는 길고 뾰족한 사시미칼을 든 사람들이 오리 몸통에서 뼈를 발라내고 있었다. 그곳에서 내가 해야 할 일은 오리 껍질을 벗기는 일이었다.

작업반장이 '박 주임님'을 부르더니 껍질 벗기는 방법을 설명해 주라고 했다. 눈꺼풀이 반쯤 덮인 나이 지긋한 아주머니가 배를 가른 오리 한 마리를 통으로 들고 오더니 커다란 도마에 엎어놓고 칼질을 시작했다.

"여기다 이렇게, 요렇게 칼집을 넣고, 쭉 잡아댕겨."

"네?"

"닭 껍질 안 벗겨봤어?"

"닭이요?"

"그래, 닭이나 오리나. 돼지 껍데기 벗기라는 거도 아니잖아!"

더 이상 물어봤다가는 손등에 칼이라도 꽂아버릴 것 같은 분위기였다. 일단 해보자 싶어 시퍼렇게 날이 선 칼을 잡았다. 살얼음이 끼어있는 오리를 붙잡고 껍질을 벗겨내려 애써 보았지만 면장갑에 차가운 물기가 스며들자 손가락이 곱아 움직일 수 없었다. 산더미처럼 쌓여있는 저 오리를 언제 다 홀딱 벗겨놓나, 기가 찼다. 절단기는 윙윙 돌아가고 냉동고에서 상자를 꺼내 쾅쾅 던져놓는 소리에 정신이 아득했다.

그렇게 두어 시간을 일하고 잠시 쉬는 시간에 빵과 우유 하나씩을 받아들고 휴게실로 갔다. 하얀 장화 속에서 빠져나온 발은 이미 감각이 없었다. 의자를 끌어다 휴게실 한편에 놓여있는 난로 위에다 발을 디밀고 앉아있는데 박 주임 아주머니가 코를 킁킁거리며 나타났다.

"어이, 타는 냄새 안 나?"

그러고 보니 어디선가 오징어 굽는 냄새가 나는 듯도 했다.

"발바닥 타는 냄새 안 나냐고."

화들짝 놀라 들여다보니 구멍 난 양말 속으로 벌건 발바닥이 드러나 있었다. 얼마나 꽝꽝 얼어있었으면 발바닥이 타고 있는 것도 몰랐을까.

일을 마치고 집에 돌아와 발바닥에 부풀어 있는 물집을 바늘로 톡 터트린 뒤 연고를 바르고 있는 내게 김종만이 쯧쯧 혀를 차며 말했다.

"넌 무슨 일을 발로 하냐?"

그렇게 시작된 오리공장에서의 하루하루는 온몸이 꽝꽝 얼어붙고 어깨가 내려앉는 것 같았지만 칼질을 멈출 수 없었다. 젊은 여자가 이런 데서 일하지 못할 거라던 사장의 말은 맞았다. 종아리에 쇳덩이를 매단 듯 출근하는 발걸음이 무거웠다. 잠시 딴생각을 하다 보면 여지없이 손이 베이고 흰 면장갑에 벌건 핏물이 번졌다. 할당된 오리를 시간 안에 벗겨내지 못하면 사시미칼보다 더 살벌한 눈치칼이 뒤통수에 와서 퍽퍽 꽂혔다.

18

눈물처럼 짠 콧물이 입속으로 하염없이 흘러들던 어느 날, 껍질에 살점을 붙여 벗겨냈다고 욕을 퍼붓고 있는 박 주임 앞에다 오리를 패대기쳐 버렸다. 내 손에는 시퍼렇게 날선 칼이 들려있었다.

"뭐 어쩌라고! 당신은 처음부터 잘했어? 내가 만만해, 씨발!"

어떻게든 눈물은 보이지 않으려고 어금니를 꽉 깨물었다. 야매로 수술을 받았는지 반쯤 덮여있던 박 주임의 쌍꺼풀이 순식간에 위로 치켜 올라갔다. 그 모습을 본 최씨 아저씨가 닭발을 자르다 뛰어와 박 주임을 달랬다.

"오죽 힘들면 순한 사람이 저러겠어. 참자, 응."

김씨 아줌마가 얼른 믹스커피 한 잔을 타서 박 주임 손에 들려주며 작업실 밖으로 데려 나갔다. 기계 소리가 멈추자, 새파랗게 젊은 경리가 껌을 짝짝 씹으며 들어오더니 추석 전에 물량 맞추려면 손이 열 개라도 모자라는데 다들 이렇게 놀고 앉아있으면 어떡하냐고 지랄을 했다. 지난번 회식 때 술에 취해, 자기는 구구단 중에 8단과 9단이 제일 어렵다며 미친년처럼 깔깔 웃던 여자였다. 그러고도 사장 조카라는 이유로 경리 자리를 차고 앉아있는.

"아 왜! 박 주임이 또 뭐라 그랬어, 언니?"

아무 말도 하지 않자 인삼껌 하나를 내밀며 쯧쯧 혀를 찼
다.

"씹어 언니. 그래도 여기서 나랑 수준 맞는 인간은 언니
밖에 없잖아. 그냥 개무시 해. 젊은 여자만 들어오면 저렇게
괴롭힌다니까. 늙어서 그래, 늙어서."

팔짱을 끼고 밖으로 나간 경리가 박 주임에게 따다다다
퍼붓는 소리가 들려왔다.

어쨌거나 그날 이후로 박 주임은 더 이상 나를 괴롭히지
않았다.

내게 아이들이 없었다면, 통장에 100만 원이라도 여윳돈
이 있었더라면 그 시간을 버티지 못했을지도 모른다. 한 발
짝 뒤가 벼랑 끝인 사람은 버티거나 앞으로 나갈 수밖에 없
다. 얼마 못 가 그만두리라 생각했는지 살갑게 대해주는 사
람은 아무도 없었다. 하지만 한 달이 넘어가자 아줌마 아저
씨들이 한두 마디 말을 건네오기 시작했고 서너 달이 지나
자 사장은 나에게 정직원으로 일해보지 않겠냐고 제안했다.
그곳에서 나는 최단기간에 주임이 되었고 3년이 넘어갈 무

렵엔 작업반장까지 맡게 됐다. 남편이 벌어오는 돈보다 내 월급이 30만 원이나 더 많았다. 4년이라는 시간을 그곳에서 일하는 동안 손가락 마디마디에 칼자국이 남고 어깨며 허리, 손목과 무릎이 시큰거리는 증상에 시달리긴 했지만 일이 힘들어 그만둔 것은 아니었다. 이제는 불을 꺼놓고도 오리 껍질을 벗기고 부위별로 정확히 절단할 수 있을 만큼 뛰어난 칼잡이가 되어있었다.

내가 이곳에 처음 들어왔을 무렵, 필리핀에 영어를 배우러 나가 있다던 아이들이 아내와 함께 캐나다로 건너간 뒤로 사장은 쭈욱 혼자 지내고 있었다. 여기서 열심히 오리와 닭을 팔아 돈을 보내주는 게 그의 역할이었다. 거기다 키우던 개까지 늙어 죽자 이젠 집에 가봐야 반겨주는 개새끼 한 마리 없다며 외롭다는 소리를 입에 달고 살았다.

"일 끝나고 뭐 해? 나랑 같이 저녁이나 먹으까?"

애들 때문에 빨리 가봐야 된다는 핑계를 대긴 했지만 사장은 갈수록 노골적으로 들이대기 시작했다. 훈제오리며 백숙용 닭을 따로 챙겨두었다가 퇴근하는 내게 쥐여주며 은근히 손을 주무르기도 했다. 그럴 때면 속에서 뭔가가 불뚝 치솟아 올랐지만 아이들에게 먹일 묵직한 고기가 손에 들려있어 넘어가곤 했다.

월요일은 공장이 쉬는 날이라 찜질방에라도 다녀오려고 집을 나서는데 사장에게 전화가 걸려왔다. 납품 문제로 거래처 사장과 회사 근처 호텔에 와있는데 훈제오리 샘플 몇 개를 챙겨 그곳으로 와달라는 거였다. 제법 큰 건수라 이번 일만 잘되면 오순정 씨에게 대리점 하나를 따로 내줄 수 있을지도 모른다고 했다. 그 말에 혹해 공장에 들러 샘플 몇 개를 챙긴 다음 서둘러 피렌체 호텔 504호실로 갔다.

"거래처 사장님은요?"

"곧 올 거야."

"같이 있다면서요."

"뭐가 그리 급해. 일단 좀 앉아서…."

사장이 내 팔을 잡아끌었다.

"지금 뭐하시는 거예요?"

"내가 뭘 어쨌다고 그래, 사람이 정 없이 그러면 못 써."

탁자엔 반쯤 비워진 양주병이 놓여있었다.

"저 이만 가볼게요."

문을 열려고 하자 사장이 내 양쪽 어깨를 붙잡고 침대 쪽으로 밀어붙였다.

"대리점 내 준다고 하잖아, 그러니까 나 좀 살려줘라."

빈말할 사람은 아니었다. 자기가 꺼내놓은 말에는 어떻게든 책임을 졌다. 눈 딱 감고 이번 한 번만 사장이 원하는 대로 해주고 나면 대리점 하나가 생긴다. 지금보다 돈을 많이 벌게 되면 집도 빨리 장만할 수 있고, 막냇동생 등록금도 내주고….

그러다 정신을 차려보니 504호 문밖에 서 있었다. 내 손엔 양주병이 들려있었다. 이걸로 사장을 내려쳤던가? 기억나지 않는다. 사장이 내 옷을 벗기려던 순간, 아이들의 얼굴이 떠올랐다는 것만 분명히 기억한다.

오리공장을 그만두고 나온 뒤로 아무 일도 하지 않고 몇 달을 쉬었다. 그동안 시어머니가 아이들을 맡아 봐주긴 했지만 일하러 다니느라 제대로 챙기질 못했다. 첫째 딸 하나는 어려서부터 야무지고 책임감이 강한 아이였다. 누가 곁에서 가르쳐 주지 않았는데도 혼자 한글을 떼더니 어린 동생에게 동화책도 읽어주었다. 엄마가 일하러 나가고 없을 땐, 할머니를 도와 집안일도 척척 해냈다. 그런 모습이 대견하기도 했지만 날 닮아 저러나, 마음이 짠할 때가 많았다. 형

편이 어려워 야간 전문대도 겨우 졸업한 나였지만 하나만큼
은 나처럼 키우고 싶지 않았다.

길 건너 새로 들어선 아파트 쪽에 '뉴키즈 잉그리쉬 어학
원'이 생겼다고 했다. 교사들이 모두 원어민이라며 동네 엄
마들에게 인기가 좋았다. 옆집 사는 지윤이도 지난달부터
그곳에 다니기 시작했다는 말을 듣고 상담이나 한번 받아보
려고 찾아갔다. 그곳에서 하나는 또박또박 자신을 소개했
다.

"아이 엠 하.나.김."

원장이 아이의 머리를 쓰다듬으며 물었다.

"어디서 영어를 배웠니?"

그러자 하나가 당당하게 대답했다.

"이비에스!"

아이가 영특해 보인다며 칭찬하는 원장에게 한 달 원비가
얼마냐고 물었다. 교잿값과 영어마을 체험비를 포함해 50만
원이라고 했다. 우리 형편에 그만한 돈을 들여 학원에 보낼
수는 없었다. 다음에 다시 오겠다 말하고 상담실을 나서려
는데 하나가 원장에게 조그만 손을 흔들며 말했다.

"해브 어 나이스 데이!"

그곳이 마음에 드는 눈치였지만 보내 달라고 떼쓰진 않았다. 집으로 돌아오는 길에 하나가 내 손을 꼬옥 잡으며 말했다. 엄마가 일 나가지 않고 같이 있어 너무 좋다고.

하나가 초등학교에 입학한 뒤로 돈 들어갈 곳은 늘어만 갔다. 남들만큼은 못 해줘도 학원 한두 개쯤은 보내야 했고 둘째 지훈이까지 입학하고 나자 돈이 두 배로 들었다. 남자애라 그런지 태권도학원이며 게임기, 친구들이 하는 건 뭐든지 따라 하고 싶어 했다. 이 상황에서 어떻게든 돈을 벌어야 했지만 나 같은 여자가 일할 수 있는 데라야 뻔했다. 오리공장에서 일할 때처럼 제대로 된 월급을 받을 수 있는 곳도 없었다. 시급이 세다는 이유로 다니게 된 물류센터에서 생수 박스를 쌓아 올리다 허리를 삐끗하는 바람에 한동안 일을 못 하고 쉬었다. 조금 괜찮아질 무렵엔 한식집 주방으로 일을 나갔지만, 장사가 시원찮다는 이유로 사람들을 내보냈다. 새로 일할 곳을 찾는 동안에는 볼펜이나 나사 끼우기 같은 부업거리를 집으로 받아왔다. 그래 봐야 한 달 반찬값 정도밖에 안 되는 돈이었다.

김종만이 가져오는 돈으로, 이사 올 때 받은 전세대출금을 조금씩 갚아나가고 주택청약 통장에 매달 30만 원씩을 넣고 아이들 밑으로 들어가는 돈이며 공과금을 내고 나면 남는 돈이 없었다. 오리공장에 다닐 때 애들 맡길 곳이 없어 어쩔 수 없이 함께 살게 된 시어머니는 날이 갈수록 잔소리가 심해졌다. 돈 벌어서 친정에 다 퍼다 주고 아들 등골 빼먹고 사는 년이라고도 했다. 한 번쯤은 내 편을 들어 버럭 소리라도 질러주길 바랐지만 그런 일이 있을 때마다 김종만은 슬그머니 집 밖으로 내빼버렸다.

남편으로서의 김종만은 괘씸할 때가 많지만 '애들 아빠 김종만'은 썩 괜찮은 사람이다. 하나를 가졌다는 말을 했을 때도 비겁하게 도망가지 않고 책임지겠다고 해 줘서 고마웠다. 퇴근길에 딸기나 붕어빵 같은 것을 사다 주기도 하고, 내가 산통을 겪는 동안 분만실 앞에서 안절부절못하며 애를 태웠다는 말을 동생에게 전해 들었다. 처음 딸애를 가슴에 안았을 때 손가락 발가락을 하나하나 세어보며 눈물까지 흘리던 김종만이었다.

아버지의 정을 제대로 느껴보지 못하고 자란 사람이지만 부정은 본능인 모양이었다. 퇴근하고 집에 들어오면 아이들이 잠들 때까지 곁에서 동화책을 읽어주고 쉬는 날엔 자전거 뒤에 하나를 태우고 어디든 돌아다녔다. 꽃밭에 들어가 활짝 웃고 있는 하나, 강아지를 쓰다듬고 있는 하나, 아빠를 향해 두 팔을 벌리고 뛰어오는 딸애를 찍고 또 찍었다. 김종만의 휴대폰 속에는 하나 사진이 제일 많았다. 지훈이가 태어나고, 시어머니는 사내아이라 더 좋아했지만 김종만에게는 하나가 언제나 최우선이었다.

"아빠, 이거 해주세요."

귀여운 눈을 말똥말똥 뜨고 뭔가를 부탁하면 그게 무엇이든 해주고야 말았다. 눈치가 빤한 하나는 어려서부터 뭔가를 사달라고 조르지 않았다. 책을 읽어 달라거나 자전거 타는 법을 가르쳐 달라거나 아파트 화단에 있는 작은 곤충들을 손바닥 위에 올려놓고 싶어 하는 정도의 것들이라 김종만은 딸애가 원하는 것은 뭐든 해줄 수 있었다.

아빠 껌딱지였던 하나가 중학교에 들어간 뒤로는 사춘기가 왔는지 예전처럼 곁을 내주지 않자 김종만은 삶의 기쁨 절반이 날아 가버린 얼굴이었다. 고등학생이 된 하나가 공부하느라 방에만 처박혀 있자 나머지 절반마저 날아가 버린 듯 좀비처럼 딸애 방문 앞을 서성였다. 하나가 어렸을 때 종종 글짓기 대회에서 상을 받아오면 액자까지 만들어 거실에 걸어놓으며, 하나가 자길 닮았다고 좋아하던 김종만이었다. 술만 마시면 동네가 떠나가도록 고래고래 소리를 질러대고, 집을 나간 엄마 때문에 '화냥년' 소리를 입에 달고 살던 아버지를 보며 자랐기에 한편으로는 그런 딸이 부럽기도 했다. 우리 아버지도 나를 하나처럼 사랑해 주었더라면 지금보다는 훨씬 나은 삶을 살고 있지 않았을까, 하고.

여름방학이 시작될 무렵, 웬만해서는 부탁 같은 걸 하지 않던 딸애가 봉사활동 점수가 필요하다고, 그러니 엄마가 좀 알아봐달라는 말을 꺼냈다. 돈 있는 집 자식들은 그런 것쯤 부모가 다 알아서 해준다는데 괜히 미안한 생각이 들었다. 아랫집 여자 말로는 교회에 가면 봉사활동 점수를 쉽게 딸 수 있다기에 교회에 나가기 시작했고 거기서 최 권사님을 처음 만났다. 그녀는 동네에서 자그마한 곱창집을 하고 있다고 했다. 사거리를 지나 롯데리아 쪽으로 조금 올라가다 보면 '최씨네 한우곱창' 집이 나왔다. 오다가다 가끔 보긴 했지만 비싼 곱창을 먹으러 갈 일은 없었다.

교회에서 다문화 가정 돕기 바자회가 있던 날, 그녀가 먼저 내게 말을 걸어왔다.

"자매님, 손이 참 야무지네요."

혹시 무슨 일 하냐고 묻기에 사거리 김밥집에 일 다닌다고 대답했다. 거긴 시급이 얼마나 되냐기에 시간당 만 원을 받는다고 했더니 대뜸, 나하고 같이 일해 볼 생각 없냐고 물어왔다. 시급은 거기보다 2천 원을 더 주겠다고 했다. 요즘은 사람들이 힘든 일은 안 하려 한다고, 한두 달 일하다 그만둬 버리니 사람 구하는 게 쉽지 않다며 불평을 늘어놓았다. 오후 4시부터 10시까지 시급은 12000원, 그리 어려울 것도 없는 일이라고 했다. 시급을 딴 데보다 많이 준다는 건, 해야 할 일이 무지 빡세거나 남들이 하기 싫어하는 일이거나, 아니면 둘 다일 경우지만 김밥집보다 돈을 더 주겠다는데 마다할 이유가 없었다.

곱창집으로 출근한 첫날, 교회에서 보았던 '최 권사님'은 거기 없었다. 머리카락 한 올 빠져나오지 않을 만큼 올백으로 쓸어넘겨 단단히 묶어 올린 곱창집 사장 '최미숙 씨'가 있을 뿐이었다. 홀 탁자 위에 신문지를 깔고 널어놓은 부추를 뒤적이던 미숙 씨가 다짜고짜 반말을 해왔다.

"음식 장사하는 사람들이 왜 망하는지 알어?"

교회에서는 내게 꼬박꼬박 존댓말을 하던 사람이었다. 모르겠다고 짧게 대답하자, 그럴 줄 알았다는 듯 고개를 절레절레 흔들었다.

"재료 하나하나를 신경 써서 깨끗하게 손질해야 하는 거여. 대충대충 설렁설렁, 맛도 중요하지만 제일 중요한 게 뭔줄 알어? 내 새끼 입에 들어간다, 생각하고 정성시럽게 만들어야 한다, 이 말이여."

주방 한쪽에 걸려있던 빨간 앞치마를 내어주며 다시 한번 힘주어 말했다.

"남의 장사다, 생각지 말고! 내 가게라는 마음가짐으로 열씨미 혀!"

이제 갓 시집온 며느리를 다잡으려는 종갓집 시어머니처럼 미숙 씨는 내 뒤를 졸졸 따라다니며 끝도 없이 잔소리를 늘어놓기 시작했다.

"아니, 왜 일을 그렇게 요령 없이 혀!"

부추를 썻을 때는 양푼에다 물을 받아놓고 설렁설렁 헹궈낸 다음, 딱 요만큼씩 쥐고 껍질을 벗겨내라. 대충 건져 놓으면 안 되고 요렇게 꽉 거머쥐고 바닥에다 탁탁 물을 털어낸 다음 듬성듬성 펴서 신문지 위에 널어놔라. 수도꼭지를 이렇게 콸콸 틀어놓으면 어떡하냐, 물 한 방울도 아껴 쓰도록 해라. 양대창은 미끈거리는 게 남아 있으면 구울 때 누린내가 나서 손님 다 떨어져 나간다. 열 번이고 백 번이고 박박박 문질러 뽀득뽀득 소리가 날 때까지 닦아라. 선지를 끓일 때 요렇게 센 불로 해놓으면 속에 구멍이 숭숭 나서 못 쓴다. 김가루 넣어 놓은 통 뚜껑을 열어 놓으면 눅눅해져서 어떻게 쓰냐, 딱 보면 모르냐, 도대체 김밥집에서 뭘 보고 배운 거냐 등등. 입에 모터를 달아놓은 것처럼 쉴 새 없이 조잘댔다.

"사장님, 제가 알아서 할게요. 주방일 처음도 아니고."

"뭘 알아야 제대로 할 거 아녀!"

"그럼, 사장님이 하는 거 보여주시면 고대로 따라 할게요."

"내가 다 할 거면 뭐 하러 돈 주고 사람을 써?"

그때 홀 쪽에서 '딸랑' 하는 소리가 들려왔다. 손님이 온 모양이었다. 그제야 미숙 씨는 책갈피를 접어놓듯 잔소리를 멈추고 홀 쪽으로 뛰어나갔다.

지난 일주일 동안, 미숙 씨는 잠시도 입을 쉬지 않았다.

4시에 출근하면 믹스커피 한 잔 타 마실 새도 없이 사람을 몰아붙였다. 커다란 국통에 끓여놓은 선짓국을 작은 뚝배기에 담아 세 개씩 다섯 줄로 쌓아놓고 부추를 다듬는다. 물을 뺀 부추를 얇게 펴서 신문지 위에다 널어놓고 나면 주방 바닥에 목욕탕용 플라스틱을 깔고 앉아 커다란 양푼이 속에 들어있는 대창과 막창을 닦아야 한다. 때밀이 수건처럼 망사 수세미를 손에 끼고, 콧물같이 미끄덩거리는 진이 다 벗겨져 나갈 때까지 닦고 또 닦은 다음, 설거지대로 가져가 밀가루와 굵은 소금을 뿌려 다시 또 박박박 몇 번이고 치댄다. 곱창을 씻어 소쿠리에 받쳐 놓고 나면 전기밥솥에 밥을 안치고 채소를 썬다. 접시에 올릴 감자를 얇게 잘라 물에 담가 놓고 구이용으로 나갈 버섯과 양파도 줄 맞춰 썰어놓는다. 손님이 오기 전에 얼려놓은 막창을 꺼내놓고 양념에 재워놓은 양대창도 냉장고로 옮겨 놓는다. 볶음밥에 들어갈 깍두기를 국물이 자박자박하게 덜어내고, 얼음이 살짝 낀 천엽은 깨끗한 물로 여러 번 헹궈 가위로 먹기 좋게 잘라 홀 냉장고로 옮겨 놓아야 한다. 비싼 염통은 살점이 붙어 나오지 않게 기름을 걷어내고 얇게, 아주 얇게, 소간은 심줄이 박힌 부분을 도려내고 그날 먹을 만큼 썰어 스텐 통에 담는다.

여기서 끝이 아니다. 종이박스에 들어있는 콩나물을 제일 큰 양푼에 담아 삶아야 한다. 아삭아삭하게 익었을 무렵, 크게 한번 뒤집어 찬물에 헹구어 내는데 그때 콩껍질도 깨끗이 골라낸다. 오늘 쓸 양만큼을 덜어 홀에 내고 나머지는 냉장고 속에다 나눠 넣어둔다. 여기까지 하고 나면 허리가 끊어질 듯 아프지만 쉴 수 없다. 미숙 씨가 주방 조리대 위에 올려놓은 곱창을 특곱창과 일반곱창으로 분류해 저울에 무게를 잰 다음 하나씩 돌돌 말아 얇은 비닐봉지에 담는다. 막창과 대창은 수입산이지만 곱창만큼은 비싼 국내산이라 무게를 잘못 재었다가는 미숙 씨에게 불벼락을 맞는다. 그러니 이때만큼은 긴장해서 집중해야 한다. 여기까지가 4시에 출근해 5시 30분까지 마쳐야 할 내 일이었다.

물론 이거 말고도 할 일은 많다. 이 와중에 미숙 씨의 잔소리까지 끊임없이 들어야 하니, 누군들 이걸 버티겠나. 그만두고 나간 사람들 마음이 백번 천번 이해되고도 남았다. 하지만 힘들다고 일을 그만둬 버리면 그때부턴 또다시 다른 일을 찾아다녀야 하고 그럴 시간 동안은 돈을 벌지 못하니 참고 버틸 수밖에 없다. 온갖 잡다한 쓰레기를 발로 밟아 꾹꾹 눌러 담은 다음 그 위에 또 하나를 올려 테이프로 칭칭 감은 봉지를 질질 끌고 나와 버리고 나면 그제야 곱창집 하루 일이 끝난다.

"씨발, 드러워서 때려치든가 해야지!"

집으로 오는 길에 놀이터 벤치에 앉아 이렇게라도 욕을 뱉어내고 나야 숨이 쉬어졌다.

일주일의 고비를 넘기고 나니 그럭저럭 한 달을 버틸 수 있었다. 일을 마치고 곱창집을 나서려는데 휴대폰으로 문자 두 개가 들어왔다. 하나는 통장 입금 문자였고 또 하나는 미숙 씨에게서 온 거였다.

'한 달 동안 수고 많았어. 5만 원 더 넣었다.'

그날은 놀이터에 들르지 않고 하나가 좋아하는 슈크림 빵을 사서 곧바로 집으로 왔다.

"곱창모듬 대짜 하나!"

선지뚝배기를 끓여 내고 대창과 막창, 살짝 구워낸 곱창을 차례대로 접시에 세팅하고 있는데 미숙 씨가 주방으로 뛰어 들어오더니 버럭 소리를 질렀다.

"이걸 이렇게 많이 놓으면 어떡혀!"

산전수전 다 겪은 나였지만 미숙 씨 잔소리만큼은 견디기 힘들었다. 칠판에 손톱을 긁어대는 것처럼, 집에 누워있어도 귀에서 이명이 들릴 지경이었다. 그만 좀 하라고 화를 내보기도 했지만, 며칠 잠잠하다 다시 병이 도졌다. 잔소리를 조금이라도 덜 듣기 위해선 말이 나오기 전에 어떻게든 일을 다 끝내 놓아야 했다.

불판도 그을음이 남지 않도록 쇠 수세미로 구석구석 긁어내고, 얼려놓은 막창은 미리미리 꺼내 놔야 한다. 해물라면에 넣을 냉동 새우와 홍합살, 오징어와 바지락은 개수를 정확히 세어 봉지에 넣어야 하고 양념 통은 미리미리 채워두어야 한다. 볶음밥에 들어갈 깍두기는 담근 순서대로 꺼내써야 하고 곱창을 포장할 땐 기름 부분이 보이지 않도록 안쪽으로 말아 넣어야 한다.

"대창 녹여놨어?"

"네, 여기요."

"부추 씻어서 물기 빼놨어?"

"김치 냉장고 위에요."

"소간이랑 천엽은?"

"저기 다 썰어서 넣어놨어요."

말하기 전에 무조건 끝내 놓을 것. 5분 전에 출근해서 5분늦게 퇴근할 것. 한 번 쓴 휴지는 모아두었다가 프라이팬 닦을 때 쓸 것. 쓰레기봉투는 꽉꽉 눌러 채우고 발로 밟아 그 위로 봉지 하나만큼을 더 쌓아 올려 테이프로 칭칭 감을 것!

오리공장에서 오랫동안 일한 덕분에 칼질이 익숙했다. 손님이 없을 땐 대걸레를 빨아와 구석구석 바닥을 닦았다. 기름 때문인지 물이 잘 내려가지 않아 골치를 썩이던 주방 수챗구멍에다 콩나물 삶을 때 썼던 뜨거운 물을 부어 넣고 변기용 고무 흡착기를 가져다 시원하게 뚫어버리자 미숙 씨는 생전 안 하던 칭찬까지 해주었다.

"이거 좀 먹어 봐. 생긴 건 이래도 산에서 따온 거라 설탕이여."

미숙 씨가 사과를 곱게 깎아 내 앞으로 밀어놓았다. 요즘은 잔소리가 조금 뜸해진 대신 틈만 나면 자기 남편 흉을 봤다. 그 인간 때문에 지긋지긋하게 고생하며 살았다고, 승질머리 때문에 뻑하면 직장을 때려치우고 나오더니 나이 들어 어디 오라는 데도 없자 여기저기서 돈을 끌어다 사업을 벌였다는 거다. 사돈의 팔촌 돈까지 다 꾸어 쓴 남편이 IMF가 터지자 하루아침에 쫄딱 망해버렸고 그때 진 빚 때문에 미숙 씨는 가사도우미며 식당 일까지 안 해본 게 없다고, 자기

가 살아온 얘길 드라마로 만들면 '전원일기' 만큼이나 시청
률이 나올 거라고 장담했다. 그러다 어느 겨울엔가 벌이가
괜찮다는 말을 듣고 신림동에서 붕어빵과 떡볶이, 오뎅 장
사를 시작했는데 자리가 좋았던지 돈을 제법 벌었다는 거
다. 빚을 어느 정도 갚아 한숨 돌릴 무렵, 식당일을 하러 다
니며 알게 된 언니 소개로 지금의 곱창집을 싸게 넘겨받았
다며, 그때부터 교회 나가는 일요일만 빼고는 하루도 쉬지
않고 곱창을 팔았다고 했다.

"남들은 몸이 열 개라도 그 고생 못 견뎠을 거여."

미숙 씨는 메추리알만큼 불거진 손마디를 보여주며, 영감
탱이 미워서 결혼할 때 끼워준 반지를 빼다 버리려 했는데
손가락에서 빠지질 않아 내버려 뒀다며 웃었다.

"그래도 저는 사장님이 부러워요. 빚도 없고 집도 있잖아
요."

"젊은데 뭔 걱정이여. 집은 돈 모아서 사면 되지."

"돈이 모여야 집을 사죠. 이렇게 벌어서 언제….."

"그러니까 교회 가서 열씨미 기도를 올려야지!"

"기도해서 될 거 같으면 세상 사람들 다 부자 되죠."

"믿음을 딱 갖고! 꼭 이뤄주신다는 마음으로! 그게 중요

한 겨!"

미숙 씨는 교회를 다니기 시작하면서부터 그 많던 빚도 다 갚고 장사도 잘돼 집도 샀다며, 이 모든 게 아버지 하나님의 은공이 아니면 무엇이겠냐고 했다.

"사장님은 이 동네, 아파트값 오르기 전에 사신 거죠?"

"운이 좋았지. 사고 나니까 여기 지하철 들어온다고, 그때부터 막 오르기 시작했잖여. 스물네 평짜리로 하려다 교회 권사님 말 듣고 대출 껴서 서른여덟 평짜리로 샀는데 지금 딱 두 배 올랐어. 그때 안 샀음 땅을 치고 후회할 뻔했다니까."

미숙 씨가 집을 샀다는 그 무렵, 나도 아파트를 보러 다녔다. 당장 살 수는 없지만 예쁘게 꾸며놓은 집들을 보고 오면 기분이 좋아졌다. 조금 무리를 해서라도 사두자고 했지만, 빚까지 내서 무슨 집을 사냐고 김종만이 펄쩍 뛰었다. 그때 어떻게라도 우겨 집을 샀어야 했다. 이젠 집값이 올라 사고 싶어도 살 수 없게 돼버렸다.

자기 꿈을 찾고 싶다며, 김종만이 나 몰래 카드를 그어 썼다고 말했을 때 그냥 눈 딱 감고 봐 줄 수도 있었다. 하지만 화를 내고 욕을 퍼부은 건 18년을 함께 살아오며 쌓여왔던 서운함 때문이었다. 우직하고 성실한 모습에 끌려 결혼까지 하게 됐지만 돌이켜 보면 애달픈 사랑은 아니었다. 거기다 시어머니와 함께 산 뒤로 김종만은 잠자리도 거의 하지 않았다. 맨날 돈, 돈, 한다고 지랄을 하면서도 자기 엄마 무릎 수술비며 목돈 들어갈 일이 생기면 모른 척 나에게 떠넘겼다.

그런 남편이었지만, 술만 마시면 엄마를 두들겨 패고 돈도 제대로 벌어오지 않던 아버지를 보며 자라서인지 딴짓 한번 하지 않고 성실하게 살아온 것만큼은 고맙게 생각한다. 문제는 김종만의 태도였다. 딱 꼬집어 말할 수는 없지만 은근히 사람을 얕잡아 봤다. 한 달에 고작 30만 원의 용돈을 받으면서도 시간만 나면 헌책방에 가서 책을 사들고 왔다. 일 끝나고 집에 오면 밥 먹을 때만 빼놓고는 방에 틀어박혀 컴퓨터에다 무언가를 썼다. 벽 하나를 사이에 두고 앉아 연속극이나 보고 앉아있는 나를 무시했다. 문화센터인가 뭔가에 글쓰기를 배우러 다니면서부터는 더 심해졌다. 그래도 애들이 어릴 땐 가끔이긴 하지만 소주도 한 잔씩 같이 마시곤 했는데 요즘은 아예 사람이 달라졌다. 도서관에서 빌려온 책들을 쌓아놓고 컴퓨터만 두드리고 앉아있는 모습을 보면 속에서 천불이 났다.

어제는 미숙 씨 가게에 젊은 부부가 어린 아들을 데리고 곱창을 먹으러 왔다. 손님이 많은 금요일이라 홀에 나와 일을 도와주고 있는데 여자의 볼멘소리가 들려왔다. 시댁에 갈 때마다 스트레스를 준다며 시어머니 흉을 보고 있었다.

"다 알지, 우리 엄마가 성격이 좀 유별나잖아."

"애 키우느라 힘들어 죽겠는데 뻑하면 반찬 가져가라 불러대고."

"하여튼 노인네가 사람 귀찮게 하는 데 뭐 있다니까."

"거기다, 이번 여름휴가 때 다 같이 여행을 가자는 게 말이 돼?"

"안 되지. 우리 자기야가 스트레스를 또 얼마나 받겠어."

"암튼, 당신이 알아서 해. 난 말 못 해!"

"알았어, 걱정 마. 내가 싹 다 정리할 테니까 이거나 빨리 먹어."

남자는 알맞게 익은 곱창을 여자 앞에다 놔주며 신경 쓰게 해서 미안하다고 했다.

내 평생에 김종만에게서는 듣지 못할 말이었다. 곱창 굽는 연기 때문에 자꾸 눈물이 났다.

중학교 들어갈 무렵부터 엄마의 빈자리를 채우며 사느라 따스한 정 같은 건 느껴보지 못했다. 결혼식을 준비할 때도, 아이를 낳고 산후조리를 할 때도 나는 혼자였다. 엄마 없이 자라 그런지 시어머니한테라도 마음을 붙이고 살고 싶었지만 늙은 너구리 같은 그 여자는 처음부터 나를 못마땅해했고 입에 칼을 물고 있는 사람처럼 말끝마다 내 가슴을 찔러댔다. 요양원에 들여보낸 뒤로는 발길을 딱 끊으려 했지만, 시아버지 죽을 때까지 똥수발을 들었다는 미숙 씨 얘기를 듣고 나니 마음이 편치 않았다. 어쨌거나 애들 키워준 공이 있으니 가끔은 들여다보기로 했다.

"하나 엄마, 오랜만이네. 근데 왜 이렇게 살이 빠졌어?"

병실 문을 열고 들어가자 요양원에서 일하는 아주머니가 먼저 반색을 하며 맞아주었다.

"어머니, 몸은 좀 어떠세요?"

"누군데 나더러 자꾸 어머니래, 저리 가 이년아!"

"아유 며느님이잖아요, 할머니. 또 이러신다."

할머니가 성질이 보통이 아니라며, 며칠 전에는 옆방 할머니하고 싸움이 나는 바람에 뜯어말리느라 팔뚝에 멍까지 들었다며 소매를 걷어 보여주었다.

"죄송해서 어떡해요. 어머니 왜 그러셨어요?"

"이것들이 밥도 안 줘. 옆방에는 맛있는 거 잔뜩 숨겨놓고!"

"기저귀 갈 때마다 할머니 엉덩이가 얼마나 무거운지 들리지도 않아요. 맨날 밥을 두 그릇이나 잡수면서 뭔 소리래."

요양원에 들어온 뒤로 살이 더 찌긴 했다. 집에 있을 땐, 저년 꼴 보기 싫어 밥맛도 없다며 방 밖으로 나오지도 않았다. 밥상을 차려 들어가면 국이며 김치 그릇을 이불 위에다 던져버렸다. 하나밖에 없는 아들, 금이야 옥이야 키워놨더니 저년이 뺏어가 버렸다며 수시로 머리채를 움켜쥐었다. 원래부터 고약하던 성질이 치매가 온 뒤로는 더 심해졌다. 그러다 어느 날부터인가는 김종만이 자기 남편이라며, 내 이부자리에 아랫도리를 내놓고 누워있기도 했다. 일하러 나가 있는 동안은 요양보호사 아주머니가 집으로 오긴 했지만 수시로 그만둬 버렸다. 나라에서 지원해 주는 저렴한 요양

42

원은 대기자가 많아 한참을 기다린 끝에 겨우 들어올 수 있었다.

"어머니, 밥 잘 드시고 건강하게 계세요. 다음엔 하나 아빠랑 같이 올게요."

"나 좀 데려가요. 배고파서 못 살겠어."

침대에서 내려온 시어머니가 내 팔을 붙잡고 늘어졌다.

"어머니가 착하게 말 잘 들으면 밥 많이 주신대요."

"에이 미친년아! 천하에 쌍것인 화냥년이!"

갈퀴 같은 손을 내밀어 머리를 움켜쥐려는 시어머니를 밀쳐 버렸다. 나도 모르게 몸이 먼저 반응했다. 똥구멍보다 더러운 저 입을 발로 짓이겨 버리고 싶었다. 이날 이때까지 고생만 하고 산 며느리에게 단 한 번도 따듯한 말 한마디 해주지 않던 늙은이였다.

"아이고 나 죽네, 아이고 나 죽어!"

곁에 서 있던 아주머니가 뒤로 벌렁 나자빠져 있는 시어머니의 겨드랑이에 손을 넣어 침대로 끌어 올렸다. 그러고는 내게 눈을 찔끔찔끔하며 고개를 끄덕였다. 이 할망구는 이런 대접 받아도 싸, 오죽하면 며느리가 이럴까. 그렇게 말해주는 듯했다. 병실을 나오며 그 여자의 주머니에다 오만 원을 찔러주었다. 잘 부탁한다는 말은 하지 않았다.

버스를 두 번 갈아타고 동네까지 왔지만 내리지 않았다. 멍하니 창밖을 내다보며 앉아있다 높은 아파트들이 빽빽하게 들어서 있는 곳에서 벨을 눌렀다. 버스에서 내려 제일 먼저 눈에 띈 부동산으로 들어갔다.

그날부터 나는 시간이 날 때마다 집을 보러 다녔다.

곱창집이 쉬는 일요일이면 막냇동생이 결혼할 때 해준 투피스를 꺼내 입고 정성스럽게 화장도 했다. 좋은 옷을 차려입고 부동산에 가면 깍듯이 사모님 대접을 받았다. 한강이 훤히 내려다보이는 아파트도 보고 잔디가 넓게 펼쳐진 고급 빌라도 구경했다. 그런 집들을 보고 오는 날이면 기분이 좋아졌다. 푹신한 가죽 소파에 앉아 갓 볶은 원두를 갈아 내린, 커피 향을 음미하는 내 모습을 상상하기도 했다. 이방 저방 꼼꼼히 들여다보고 바닥이 반질반질한 욕실에 들어가 따듯한 물이 잘 나오는지 틀어 보았다. 주방이 조금 좁다거나 베란다를 터서 거실을 확장하면 좋겠다는 말을 하며 가격을 흥정하기도 했다. 지금은 비록 냄새나는 곱창이나 닦고 있지만 하나가 좋은 곳에 취직해 성공하게 되면 또 모르는 일

이다. 이룰 수 없는 꿈이라 하더라도 그 순간만큼은 즐기고
싶었다.

"그럼 생각해 보시고 꼭 연락 주십시오, 사모님."

허리를 굽혀 인사하는 사람들 앞에서만큼은 나도 돈 많은
집 사모님이다.

부동산을 나와 멀찍이 떨어진 정류장에서 버스를 타고 매
주 들르는, 1등 당첨자가 세 번이나 나왔다는 복권방으로 간
다. 다시 또 힘든 일주일을 버틸 수 있는 만 원어치의 꿈을
사서 지갑에 접어 넣은 뒤, 나 오순정은 오늘도 아이들이 있
는 집을 향해 희망찬 발걸음을 내딛는다.

김종만은 오늘도

오순정과 나는 한 지붕 아래 살고 있지만 서로에게 별 관심이 없다. 살을 맞대고 부빈 기억이 전생처럼 아득할 정도다. 고향 선배 소개로 내 나이 스물아홉에 아내를 만났다. 나보다 두 살 아래인 그녀는 조금 통통하고 순해 보였다. 예쁜 얼굴은 아니지만 성격이 쾌활하고 빵을 맛있게 먹는 여자였다. 두 번째 만남이었나, 오순정이 개나리색 원피스를 입고 나타났다. 식욕보단 성욕이 당기던 날이었다. 술집을 나와 넘어지듯 길바닥에 드러누워 버린 나를 오순정은 어쩔 수 없이 모텔 방에 데려다 눕혔다. 하루에도 몇 번씩 불뚝 솟아오르는 젊은 남자가 모텔 방에 여자와 단둘이 남게 됐을 때 해야 할 일이 뭐가 있겠나.

그녀가 입고 있던 옷을 바나나 껍질처럼 홀떡 벗겨낸 뒤 침대로 데려갔다. 브래지어 고리가 잘 풀리지 않아 애를 먹고 있는데 오순정이 몸을 배배 꼬며 내 귀에 대고 속삭였다.

"그냥 입고 하면 안 돼요? 제가 간지럼을 심하게 타서요…."

라며 큭큭 웃었다. 절정으로 치닫는 그 순간에도 간지럼을 타며 미친년처럼 웃어댈까 봐 신경이 쓰였지만, 다행히 그런 일은 일어나지 않았다.

다음 날 아침, 내 옷과 양말을 접어 가지런히 정리해 놓고 그녀는 조용히 모텔 방을 나갔다. 그 이후로 가끔 만나 밥을 먹고 술도 마시다 보니 덜컥 아이가 생겨 버렸다. 조심했어야 했는데 콘돔 사러 가기가 귀찮아 몇 번 거른 게 화근이었다. 모아 놓은 돈도 없고, 그보다 오순정하고 결혼할 생각 따위 전혀 없었으므로 살살 구슬려 애를 지우게 할 생각이었다.

"아버지 알면 저 맞아 죽어요. 흑흑…."

막내를 낳은 뒤 동네 정육점 사장과 눈이 맞아 도망가 버린 엄마 때문에 '화냥년' 소리를 입에 달고 사는 사람이라고 했다. 그런 아버지가 결혼도 하지 않은 딸내미가 애부터 가진 걸 알면 가만두지 않을 거라며, 쭈그려 앉아 청승맞게 울고 있는 오순정을 보고 있자니 왠지 짠한 생각이 들었다. 그래서 남자랍시고 큰소리를 쳐버렸다.

"책임지면 될 거 아냐!"

내가 싼 똥은 내가 치운다는 심정으로다 뱉은 말이었다.

홀어머니의 외아들인 나와 홀아버지의 맏딸인 여자. 아무도 알아주지 않는 지방대 출신인 나와 써먹을 데도 없는 전문대 졸업장을 가진 여자. 내세울 거라곤 쥐뿔도 없던 나만큼이나 오순정도 초라하긴 마찬가지였다. 어느 한쪽도 기울거나 꿀릴 게 없는 처지 덕분에 우리는 덤덤하게 결혼식을 올릴 수 있었다.

내 손을 뿌리치지 못해 모텔에서 처음 몸을 섞은 뒤로는 자취방에서 가끔 자고 가기도 했으니 신혼 첫날밤의 설렘 같은 건 없었다. 버스 한 대 분량의 친척들이 시골에서 실려 오고 회사 동료와 친구 몇몇을 불러다 결혼식을 올렸다. 미원으로 맛을 낸 밍밍한 갈비탕으로 손님을 치르고 떡두꺼비 같은 아들 쑥쑥 낳으라는 친척들의 덕담을 뒤로한 채 예식

장을 떠났다.

신혼여행은 제주도라도 다녀오자는 내 말에, 어차피 다 똑같은 바다인데 그 먼 데까지 뭐 하러 가냐며 강릉이나 다녀오자고 했다. 어디에서 묵을지는 정해야 되지 않겠냐고 하자, 방 잡는 건 일도 아니라며 자기가 알아서 하겠노라 대답했다. 일생에 한 번뿐인 신혼여행을 비행기는 못 타보더라도 기차 정도는 탔어야 했다. 시외버스를 타고 신혼여행을 갔다 하더라도 호텔 정도는 잡았어야 했다. 하지만 오순정 때문에 모든 게 엉망이 되어 버렸다.

강릉 버스 터미널에서 택시를 잡아타고 경포대 근처에 있는 호텔 앞에다 내려 달라고 말하려는 순간 오순정이 갑자기 끼어들었다.

"기사님, 민박집 많은 데로 가주세요."

뭔 소리냐고, 무슨 민박집이냐고 눈을 부릅떴지만 오순정은 창밖만 내다봤다.

택시가 횟집이 즐비한 바닷가 근처에다 우리를 내려놓고 가자 잠시 내 눈치를 살피던 오순정이, 쓸데없는 데다 뭐 하러 돈을 쓰냐며 애 낳고 나면 당분간 일을 쉬게 될 수 있으니 무조건 아껴야 되지 않겠냐고 달래듯 말했다. 한마디로 지지리 궁상이 몸에 밴 여자였다.

사실 나는 오순정을 만나기 전부터 몰래 짝사랑하던 여자
가 있었다. 같은 회사에 다니는 스물세 살짜리 미스 리. 그녀
의 집 앞을 수도 없이 찾아갔지만 결국 용기를 내진 못했다.
편지로라도 내 마음을 전해 볼까 싶었지만 예쁘고 인기 많
은 그녀에 비해 나는 너무 초라했다. 그렇게 혼자 애를 태우
다 고향 선배의 소개로 오순정을 만나게 되고 어쩌다 임신
을 해버리는 바람에 한 가닥 희망 같은 꿈도 깨져버렸다.

회사 동료들과 함께 결혼식장에 나타난 그녀가 복사꽃 같
은 얼굴로 환하게 웃으며 축하한다고 말하던 모습이 떠올라
기분이 울적했다. 미스 리처럼, 내가 좋아하는 사람과 결혼
을 했더라면 절대 이따위 싸구려 민박집에는 들어오지 않았
을 거다.

횟집 2층 계단을 오르면서도 오순정이 들고 온 낡은 가방
이 꼴 보기 싫어 들어주지 않았다. 자물쇠로 채워놓은 방문
을 열쇠로 따고 들어가자, 손바닥만 한 방구석에 놓여있는
이불과 요 한 채, 관짝처럼 시커먼 문갑 위를 차지하고 있는
구식 텔레비전과 건넛집 옥상의 노란 물탱크가 내다보이는

뿌연 창문 하나가 다였다. 욕실에는 세면대 대신 낡은 세숫
대야가 바닥에 놓여있고 욕조 대신 냄새나는 누런 양변기가
자리를 차지하고 있었다. 아무리 돈이 없어도 이런 곳에서
신혼 첫날밤을 보내고 싶지는 않았다.

"딴 데 가자. 여긴 안 되겠다."

"그냥 잠만 자고 나갈 건데 뭐 하러 돈을 써요."

"고집 그만 피우고 내 말 좀 들으라고!"

"아줌마가 방값도 깎아줬는데…."

"야! 니 맘대로 해, 씨발!"

오순정을 방에 홀로 남겨둔 채 문을 걷어차고 나와 버렸
다. 그리고 바닷가 횟집에서 술을 진탕 퍼마셨다. 마음 같아
서는 결혼도 무르고 싶었다. 낭만이라고는 쥐뿔만큼도 없
는, 그저 돈 돈 노래를 부르는 저런 여자하고 평생을 함께 살
아갈 생각을 하니 울화가 치밀었다.

"뭔 놈의 인생이 내 맘대로 되는 게 하나도 없냐고!"

바닷가로 나가 삿대질을 하며 소리를 질렀다. 그러다 새
벽이 되어서야 휘청거리며 기어들어 온 방에는 대자로 뻗어
잠들어 있는 오순정과 크림빵 봉지가 놓여있었다.

그러다 애들이 태어나고 집 한 칸 마련하기 위해 아웅다

웅 살다 보니 오순정은 내게 더 이상 여자가 아니었다. 어쩌다 팔이나 다리가 몸에 닿거나 감기기라도 하면 늙은 엄마와 한 이불 속에 누워있는 것처럼 불편했다. 술을 마시고 밤늦게 들어오는 날이면 거실 소파에서 잠이 드는 날도 많았다.

그렇다고 아내와 나의 관계가 딱히 나쁘다고는 할 수 없다. 처음부터 죽고 못 살 만큼 사랑해서 결혼한 것도 아니었으니 그저 나름의 선을 지키며 묵묵히 살아내면 되는 거였다. 가끔, 미스 리를 닮은 여자가 나오는 꿈을 꾸게 되는 날은 새벽에 조용히 화장실로 들어가 축축해진 팬티를 비벼 빨면서….

뭔가에 홀린 듯, 평소라면 하지 않을 행동을 해버렸다. 사보에 실린 내 글을 재밌게 읽었다는 직장 동료들의 인사를 건네받은 목요일 아침, 인터넷 검색창에다 '글쓰기 수업'이라고 써넣었다. 종로에 있는 K 문화센터에서 주말 글쓰기 강좌가 있다고 했다. 석 달 과정에 수업료는 36만 원. 그만한 현금이 내게 있을 리 없다. 작년보다 호봉이 조금 오르긴 했지만 그렇다고 카드를 그어 쓴 걸 알면…, 보나 마나 눈꼬리를 치켜뜨고 달려들 아내 얼굴이 떠올랐다. 컴퓨터 화면에 K 문화센터 홈페이지를 띄워놓고 고민하고 있는데 최 대리가 자판기 커피를 뽑아 들고 사무실로 들어왔다.

"김 과장님, 이번 글도 쉭이던데예. 어디 공모전 같은 데라도 함 내보이소."

툭 하고 등을 떠미는 그 한마디에 수강 신청 버튼을 눌러 버렸다. 살다 보면 왜 그런 날이 있잖은가. '에라 모르겠다. 죽기밖에 더하겠어!' 이런 배짱이 생기는 날이.

딸애가 고등학교에 들어간 뒤로 가슴에 구멍이 숭숭 뚫려 있는 것처럼 허전하고 마음이 시렸다. 어렸을 때부터 아빠 껌딱지였던 하나가 요즘 들어서는 눈 한번 제대로 맞춰주려 하지 않았다. 주말이면 같이 도서관에 가서 책도 빌려오고 하루에도 몇 번씩 문자를 보내, 뭐 하냐고 살갑게 묻던 아이였는데 말이다. 오랜 시간 사귀어왔던 여자에게서 이유도 모른 채 실연을 당한 기분이었다. 다른 집 자식들도 다 그렇다고는 하지만 하나와 나는 다를 줄 알았다.

첫 수업이 있던 주말 오후. 문화센터로 가는 내내 머리가 복잡했다. 괜한 일을 벌였나 싶고, 새삼스럽게 이 나이에 무언가를 시작한다는 게 무모하게 느껴지기도 했다. 하지만 더 늦기 전에, 마음먹었을 때 저지르지 않으면 평생 아무것도 못 해보고 죽을 게 뻔했다.

주말이라 그런지 문화센터는 사람들로 붐볐다. 젊은 사람들이 많긴 했지만 제법 나이가 많아 보이는 사람도 더러 있었다. 교실을 찾아 들어가 제일 뒷자리에 앉았다. 수업에 참석한 인원은 나까지 포함해 모두 열 명. 남자 넷에 여자가 여섯이었다. 첫날은 수업보다 서로에 대한 소개와 앞으로 어떤 것을 배우게 될지에 대해 대략적인 이야기를 나누었다.

치과 의사와 간호조무사, 퇴직한 초등학교 선생과 가정주부, 보험설계사와 평범한 직장인인 나까지, 다양한 사람들이 모인 듯했다. 각자의 소개가 끝나자 강사는 우리가 모두 한배를 탔으니 다 같이 한번 잘해보자며 박수를 쳤다. 그리고 화이트보드 위에 다음 시간까지 읽어 올 책 제목을 적었다.

수업이 끝나고 근처에 있는 대형서점에 들러 직원에게 책 제목이 적힌 종이를 내밀었다. 안토니오 스카르메타가 쓴 '네루다의 우편배달부'라는 책이었다. 컴퓨터를 두드려 직원이 뽑아 준 종이를 받아 들고 B 구역으로 갔다. 거기엔 어디서 본 듯한 여자 하나가 쭈그려 앉아 서가 아래쪽에 꽂혀 있는 책들을 훑고 있었다. 인기척에 뒤를 돌아본 여자가 먼저 아는 체를 했다.

"어머, 선생님도 책 사러 오셨나 봐요."

조금 전 글쓰기 교실에서 같이 수업을 들은 여자였다.

"어떡하죠. 이거, 한 권밖에 없나 본데…."

사람들이 많이 찾지 않는 책이라 그런 것 같다고 말했다. 우리 동네에도 작은 서점이 하나 있긴 하지만 아이들 참고서를 주로 팔고 있는 곳이었다. 인터넷으로 주문하거나 도서관에 가서 빌려야겠다는 생각을 하고 있는데 그녀가 들고 있던 책을 내 앞으로 쑥 내밀었다.

"이거, 그냥 가져가세요."

"아닙니다. 저는 다른 데 가서…."

그녀는 하얀 덧니를 드러내며 살짝 웃더니 가볍게 목례를 하고 서점을 빠져나갔다. 얼떨결에 받아 들긴 했지만 고맙다는 인사도 제대로 하지 못해 왠지 찜찜했다. 서둘러 계산을 하고 나와 보니 버스 정류장 앞에 여자가 서 있었다.

"이거 제가 들고나오긴 했는데 죄송해서…."

책이 들어있는 종이봉투를 살짝 들어 보이며 그녀에게 고

57
김종만은 오늘도

맙다는 인사를 했다.

"소설 쓰고 싶다고 하셨죠? 아까 소개할 때."

"아, 네, 뭐, 희망 사항이 그렇다는 말이었습니다."

"저도 몇 년째 이러고 있지만, 쉽지 않더라고요."

"아, 네⋯."

"혹시, 최대필 작가님 수업 들어보셨어요?"

"아, 아뇨. 저는 이번이 처음입니다."

"그러시구나. 나중에 그분 수업도 한번 들어보세요. 도움이 될 거예요."

기회가 되면 들어보겠다고 했다. 전광판을 보니 버스가 도착하려면 10분 정도 남았다. 조금 어색하기도 하고, 달리할 말도 없어 버스가 오는 쪽을 바라보며 서 있는데 그녀의 휴대폰에서 문자 알림이 울렸다. 아침부터 흐렸던 하늘에서 빗방울이 톡톡 떨어지고 있었다. 잠시 발밑을 바라보며 서 있던 그녀가 먼저 입을 열었다.

"저기 혹시, 시간 괜찮으시면⋯."

"시간이요?"

"그러니까 지금 별일 없으시면 말이에요."

"아, 예. 뭐 별일이 없긴 한데⋯."

"그럼, 저하고 술 한잔하실래요?"

"수… 술이요?"

당황한 탓에 말까지 더듬고 있었다. 잘 알지도 못하는 사람이, 그것도 여자가 먼저, 커피도 아닌 술을 한잔하자는 말을 이런 타이밍에 건네올 거란 생각은 하지 못했다. 어쩌면 농담일지도 모른다는 생각에 말끝을 흐렸다.

"저는 뭐, 괜찮긴 한데…."

"좋아요. 그럼 가볼까요?"

가방에서 작은 우산을 꺼내 펼치더니 그녀는 성큼성큼 빗속을 앞장서 걸었다.

어차피 들킬 거라 카드를 그어 쓴 이유에 대해 먼저 털어놓기로 했다.

문화센터에 글쓰기 강좌 하나를 신청했는데 금액이 30만 원이 조금 넘는다고, 돈 생기면 그것부터 갚겠다는 내 말이 끝나기도 전에 빨래를 개고 있던 오순정 쪽에서 수건이 날아왔다.

"미쳤어? 애들 학원 보낼 돈도 없는데 뭘 그어 썼다고?"

양쪽 눈꼬리가 손가락으로 끌어올린 듯 치솟아 있었다.

"나도 하고 싶은 거 좀 하고 살자. 여태 돈 벌어다 다 갖다 줬잖아."

"지랄하네, 돈이라고는 좆만 하게 벌어다 주면서!"

"그 좆만 한 돈 벌어오느라 니 남편 개고생하는 건 안 보이냐?"

"너만 고생해? 난, 난 뭔데! 내 친구 중에 집 없는 년은 나밖에 없어. 근데 뭐? 돈까지 처발라 가면서 뭘 배우겠다고?"

말이 안 통하는 여자였다. 오순정과 문학 사이에는 건널 수 없는 강이 놓여있었고, 거길 건너느니 차라리 빠져 죽는 게 더 쉬웠다. 언젠가 라디오에서 '거위의 꿈'이라는 노래가 나오자 오순정이 콧방귀를 뀌며 빈정댔다. 거위가 그래봤자 거위지, 꿈은 무슨! 거위는 닭을 보고 살아야지 백조를 바라보면 안 되는 거였다. 그러니까 오순정에게 나는 정신 나간 거위일 뿐이었다.

"넌 애비가 돼서 양심도 없냐? 남들은 학원도 모자라 과외까지 시킨다고 난린데 쟤네들 대학 못 가면 당신이 평생 먹여 살릴래!"

"난 아버지 없이도 내 힘으로 잘만 살았어, 누가 누굴 책임져?"

"그때랑 지금이 같아? 같냐고!"

"너 같은 무식한 인간이 뭘 알겠냐만, 사람은 꿈이 있어야 하는 거라고!"

"야, 꿈이 밥 먹여줘? 니가 갖다 쌓아놓은 저 책들, 이사할 때마다 이고 지고 다니는 저 종이 쪼가리 뜯어먹고 살 수 있어? 그렇게 잘난 인간이 왜 나하고 살아, 더 잘나고 똑똑한 년 끼고 살지. 나는 무식해서 다리가 퉁퉁 붓도록 설거지하고 냄새나는 곱창 주무르며 산다. 한 달 내내 일해서 그 돈 받으면, 너네 엄마 요양원에 돈 보내고 애들 학원비 내면 끝이야. 근데 뭐? 사람이 꿈을 가져야 한다고? 너는 내 꿈이 뭔지 알아? 누구는 그런 거 없어서 이렇게 사는 줄 아냐고!"

숨도 쉬지 않고 다다다다 퍼부어 대던 오순정이 청소기를 끌고 나와 돌리기 시작했다. 화가 날 때면 손에 잡히는 대로 소음을 내는 여자였다. 냄비며 그릇을 부숴버릴 듯 내팽개치며 설거지를 하고, 서랍장이나 화장실 문을 쾅쾅 여닫으며 온갖 신경을 긁어놓았다.

'무식한 게 힘만 세 가지고!' 담배를 주머니에 쑤셔 넣고 집을 나오며 그녀 생각을 했다. 대화가 통하지 않는 오순정과는 차원이 다른 여자였다.

오순정이 아무리 지랄을 해도 문화센터에 글을 배우러 다니는 시간이 내겐 구원이었다. 수업을 듣는 동안 선생님이 읽어오라고 적어준 책을 읽고 이름도 들어보지 못한 작가들의 삶 속으로 빠져들었다. 합평이라는 것도 처음 해보았다. 주섬주섬 쌓아 올린 뼈대가 부실한 글이었지만 조금씩 고쳐나가며 뿌듯함을 느꼈다. 수업이 끝나면 근처 호프집에 몰려가 맥주잔을 부딪치며 사는 얘기, 살아온 얘기, 이루고 싶은 꿈에 관한 이야기를 나눴고 그 꿈을 포기하지 말고 살아가자며 서로를 격려했다.

시간만 나면 술집으로 몰려가 쓸데없이 남의 흉이나 보는 사람들과 어울려, 어제가 오늘이고 내일이 또 오늘의 반복인 일상이었다. 평생 발전도 없고 꿈도 없이 월급이나 바라며 사는 인간들에게 큰소리로 비웃어 주고 싶었다. "사람은 나이가 들어도 끊임없이 배워야 하는 거야. 너희들이 슈테판 츠바이크를 알겠어, 레이먼드 카버를 알겠어. 이런 작가들의 글 속에 얼마나 대단한 것들이 숨어있는지 죽을 때까지 모를 거다, 아마!" 그리고 이 모든 것보다 더 큰 소리로 비웃어 주고 싶은 게 있었다. "나에겐 그녀가 있다!" 이보다 더 미치게 좋은 건 없었다.

나의 자랑스러운 그녀가 처음 만난 그날, 소주를 따라주며 물었다.

"왜 소설이 쓰고 싶어요?"

내게 그런 질문을 던진 사람은 처음이었다.

"어려서부터 그냥 책 읽는 게 좋았어요. 만화책도 좋아하고. '공포의 외인구단' 알죠? 한때는 거기에 푹 빠져 야구선수가 되는 게 꿈이었는데…."

아버지가 타고 나갔던 배가 파도에 휩쓸려 버린 그날 이후, 식당 일을 도우며 근근이 먹고 사는 어머니에게 여윳돈이 있을 리 없었다. 야구선수가 되고 싶다는 꿈을 접은 이후로 닥치는 대로 책을 읽었다. 도서관에서 빌린 책을 항상 가방 속에 넣어 다녔고 때론 폐품 더미에 버려진 책이나 잡지를 주워와 읽기도 했다.

"중 2 때였나, 하루는 담임이 교무실로 나를 부르더니 그러는 거예요. 교내 글쓰기 대회 때 써낸 글, 어디서 베낀 거 아니냐고. 얼굴이 벌게져서 절대 아니라고 했죠. 그랬더니 잘 썼다고, 이런 글재주가 있는지 몰랐다고, 그 말 듣는데 엄청 기분이 좋았죠. 칭찬받을 일이 별로 없었으니까. 근데 웃긴 게 뭔지 알아요? 상은 딴 놈들이 다 받더라고. 반장, 부반장, 잘사는 집 애들, 뭐 이런."

"나빴다, 진짜."

"그때부터 막연하게 글을 쓰고 싶다는 생각을 했던 거 같
아요. 그 뒤로도 가끔 이것저것 써보기도 하고. 그러다 지금
다니고 있는 회사 사보에 가끔 내 글이 실리거든요. 그냥 하
는 말이겠지만 잘 썼다는 얘길 들으면 괜히 어깨도 으쓱해
지고 막."

처음 만난 사이였지만 그녀와는 오래도록 알고 지낸 사람
처럼 대화가 통했다. 그 이후로도 가끔, 전화와 문자를 주고
받았다. 어쩔 땐 산에 오르는 중이라며 전화기 너머로 가쁜
숨소리가 들려오기도 했다. 그녀의 하얀 목덜미와 종아리를
떠올리고 있자니 몸속에서 커다란 구렁이 한 마리가 꿈틀대
는 느낌이었다.

같이 수업을 듣는 사람들에게서 종종 이런 말이 들려왔
다. 지난번에 보니까 혜미 언니, 강사 쌤하고 둘이서만 술 마
셨다더라, 치과 의사 쌤 차 타고 같이 가는 걸 누가 봤다더
라, 무슨 시인인가 하는 사람이 자기 글 봐줬다고 자랑을 했
는데 알고 보니 그 사람, 유명한 바람둥이라더라 등등, 말이

많았다. 그 대부분의 이야기가 간호조무사 은지 씨 입에서 흘러나온 걸 보면 그녀에게 질투심을 느꼈기 때문일 거다. 김 선생과는 집 방향이 같아 차를 얻어 탄 거고 글을 봐줬다는 그 시인은… 그냥 개자식일 뿐이다. 설령 그 말이 사실이라 할지라도 그건 혜미 씨 탓이 아니다. 예쁜 여자만 보면 껄떡대는 그 새끼들 잘못이지!

어느새 계절 하나가 통째로 사라진 느낌이었다. 3개월이라는 시간이 거짓말처럼 흘러가 버렸다. 먼저 연락을 해보고 싶지만 차마 용기가 나지 않았다. 그렇게 시간만 흘려보내고 있던 어느 토요일 오후, 그녀에게서 오랜만에 문자가 왔다.

'돼지갈비에 소주 한 잔, 콜?'

문자를 받자마자 부리나케 샤워를 하고 아들 방 옷장을 뒤져 아껴둔 바지를 몰래 들고나왔다. 그리고 얼마 전, 회사 창립기념 운동회 때 나눠준 하얀 면티를 체크 무늬 티셔츠 속에 받쳐 입은 다음 집을 나섰다. 참으려고 해도 자꾸 웃음이 비어져 나왔다. 누군가 내 입꼬리에다 실을 꿰어 잡아당기는 것 같았다.

귤색 잠바에 청바지를 입고 나온 그녀는 40대라고는 믿기지 않을 만큼 젊어 보였다.

"그동안 잘 지냈어요?"

"저야 뭐… 혜미 씨는요?"

"여행 다녀왔어요. 글도 좀 쓰고."

"혼자요?"

"친구랑 같이요. 혼자 가면 심심하잖아요."

"…."

"사는 게 따분하니까. 그런 재미라도 있어야 살죠."

그녀의 얘기를 듣고 있다 보면, 나와는 다른 세상에 살고 있는 사람 같았다.

"근데 종만 씨는 왜 나만 보면 자꾸 실실 웃어요?"

"신기해서요."

"뭐가 신기한데요?"

"그냥 모든 게 다. 글도 잘 쓰고 말도 잘하고."

그녀는 진짜 신기했다. 같은 여자라도, 오순정하고는 차원이 달랐다. 책이나 영화 이야기도 혜미 씨가 하면 더 실감나고 재밌게 느껴졌다. 외우기도 힘든 외국 배우 이름이며 영화를 찍은 감독에 대해서까지 모르는 게 없었다.

"사실은 종만 씨 처음 봤을 때요… 아빠 생각이 났어요.

뭐랄까, 그냥 열심히만 산 남자 같은, 우리 아빠가 그랬거든요. 그러다 갑자기 죽었어요, 심장마비로. 제가 중학교 다닐 때."

소주잔 곁에 놓여있던 그녀의 휴대폰에 불이 들어왔다 꺼졌다. 잠시 전화 좀 하고 오겠다며 밖으로 나간 그녀가 한참 만에 돌아왔다.

"같이 여행 갔던 친군데, 저녁에 한잔하자네요."

그러더니 뜬금없이 아내에 대해 물었다. 어떤 사람인지 궁금하다고 했다.

"그냥 별거 없어요. 집에서 애들 키우고 살림이나 하는."

"그게 왜 별거 아니지?"

"특별할 게 없잖아요. 뭔 재주가 있는 것도 아니고."

"남자들이 이래서 문제야. 자기들도 별거 없으면서 와이프에 대해 좋은 말 하는 꼴을 못 봤다니까, 치사하게."

"아니, 내 말은 그게 아니라…."

"고기 탄다."

부지런히 돼지갈비를 뒤집어 새카맣게 탄 것은 내 앞으로, 알맞게 잘 구워진 고기는 먹기 좋게 잘라 혜미 씨 앞으로 놔주었다. 그러면서도 조금 전, 그녀 입에서 나온 말이 자꾸

67
김종만은 오늘도

신경이 쓰였다. 치사한 건 내가 아니라 오순정이다. 자랑할 것도 내세울 것도 없는, 어쩌다 애들 데리고 고기라도 먹으러 가면 다 먹지도 못할 상추며 밑반찬을 넘치게 갖다 나르고, 비계가 너무 많다느니 트집을 잡아 고기 한 점이라도 더 얻어내려는 오순정이 나는 부끄러웠다. 그녀와 아내를 비교한다는 게 우습지만, 혜미 씨에게서 달콤한 향기가 난다면 오순정에게는 구질구질한 냄새가 난다고나 할까.

오랜만에 은지 씨에게서 연락이 왔다. 다음 주 금요일에 다 같이 한번 보자고.

문화센터 수업이 끝나고도 친하게 지낸 몇몇 사람들과 단톡방을 만들고 가끔 번개를 하기도 했다. 방장인 은지 씨가 연락을 돌리고 돈 많은 치과 의사가 주로 술을 샀다.

"딴 사람들은 다 된다는데 혜미 언니만 안 된대요. 혼자만 잘나가, 아주."

공모전 준비 때문에 바쁜 데다 그날은 약속이 있다고 했다는 거다. 그녀가 오지 않는다는데 나갈 이유가 없다. 월말이라 다음 주 내내 바쁠 거 같다고 둘러댄 뒤 전화를 끊었다.

지난번 만난 뒤로는 혜미 씨에게서 더 이상 연락이 오지 않았다. 지금 쓰고 있는 소설을 보여주고 싶지만 전화를 걸어볼 용기가 나지 않았다. 머리가 복잡해 낮잠이나 한숨 자려고 방에 들어와 장롱문을 열었다. 천장까지 꽉꽉 들어찬 이불 때문에 베개를 뽑아내기도 힘들 지경이었다.

"이불 정리 좀 하면 안 되냐, 쓰지도 않는 건 내다 버리든지!"

주방에서 고등어를 다듬고 있던 오순정이 도마에다 칼을 탕! 하고 내리쳤다.

"멀쩡한 걸 왜 자꾸 내다 버리래?"

이불뿐만이 아니었다. 주방 찬장에도 여기저기서 얻어다 쌓아둔 그릇들로 손가락 하나 비집고 들어갈 틈이 없었다. 볼 때마다 숨이 막혔다.

"그릇은 또 저게 뭐냐고."

"왜 안 하던 트집을 잡고 지랄이야, 짜증나게!"

말로 해봤자 눈 하나 깜짝하지 않을 여자였다. 꽃무늬가 그려진 투박한 사기그릇 몇 개를 꺼내 오순정이 보는 앞에서 쓰레기통에 쑤셔 박았다. 평소 같으면 하지 않을 행동이었다. 씩씩대며 손에 식칼을 들고 서 있던 오순정이 서랍에서 20리터짜리 쓰레기봉투를 꺼내더니 손에 잡히는 대로 찬장에 있던 접시와 그릇들을 쓸어 담기 시작했다.

"이거 다 갖다버려!"

"내가 못 버릴 줄 알아!"

봉투를 낚아채 재활용하는 곳으로 갔다. 혹시라도 뒤쫓아 나올까 봐 시멘트 바닥에 봉지를 내팽개친 다음 발로 자근자근 밟아 버렸다. 오순정은 터져 나올 듯 꾸역꾸역 밀어 넣은 이불장이었고 싸구려 그릇들로 가득 채워진 찬장이었다. 마음 같아서는 쓰레기봉투에다 오순정을 처박아 버리고 싶었다. 목이 늘어난 누런 면티에 불어 터진 찐빵처럼 비어져 나온 허연 살덩이를 내놓고도 부끄러운 줄 모르는, 기대할 것도 달라질 것도 없는 여자였다.

그녀는 오늘도 내 전화를 받지 않는다. 문자에도 아무런 답이 없다.

'문학과 소설'이라는 문예지에 혜미 씨가 응모한 소설이 뽑혀 등단하게 됐다는 소식을 들은 건 일주일 전이었다. 누런 니코틴 자국이 나 있는 마우스 표면이 땀으로 축축하게 젖어있었다. 그녀와 연락이 끊긴 뒤로는 뭔가를 쓰고 싶은 의욕마저도 사라졌다. 소파에 누워 깜박 잠들었다가 깨어보니 창밖이 어둑해져 있었다. 이렇게 기다리고 있어 봤자 열불만 더 나겠다 싶어 옷을 갈아입고 밖으로 나오려는데 모르는 번호로 문자가 세 개나 와있었다.

'집에 전화기 놔두고 왔어. 곱창집으로 좀 갖다 줘.'

'아 좀 빨리 갖다 달라니까!'

'안 갖다 주려면 전화기 꺼봐. 아니다. 그냥 손대지 마.'

곱창집 사장 휴대폰으로 문자를 보낸 모양이었다. 화장실 선반에 놓여있던 오순정의 휴대폰에 불이 들어와 있다 꺼졌다. 전화를 받지 않자 곧바로 문자가 들어왔다.

'사모님. 지난번에 보고 가셨던 빌라, 주인이 8억 5천에 가격 맞춰주겠다고 하네요. 전망 좋고 교통 좋고, 이 정도 가격이면 진짜 거접니다. 문자 확인하는 대로 연락주세요.'

처음엔, 이게 무슨 말인가 싶어 한참을 들여다봤다. 이것 말고도 부동산에서 보내온 문자가 여러 통 더 있었다. 그리고 보니, 오순정이 요즘 이상하긴 했다. 언제부턴가 곱창집이 쉬는 일요일이면, 옷을 차려입고 집을 나섰다. 동네 언니들하고 꽃구경 가기로 했다느니 친척 결혼식이 있다는 말을 변명처럼 늘어놓긴 했지만, 딱히 관심을 두진 않았다.

큰길 사거리에서 롯데리아 쪽으로 꺾어 올라가면 오순정이 일하는 곱창집이 나온다. 옛날 통닭집을 지나려는데 저만치서 낯익은 얼굴이 보였다. 봉투를 꽉꽉 눌러 채우고도 위쪽으로 높다랗게 삐져나온 부분을 테이프로 칭칭 감아 놓은 쓰레기봉투를 양쪽으로 거머쥔, 헐렁한 츄리닝 바지에 회색 후드티를 입고 기름때가 묻은 빨간 앞치마를 그 위에 걸친… 사지도 못할 집을 보러 다니는 오순정이었다.

평생을 지긋지긋하게 궂은일만 하고 살아온 엄마는, 팔자 고달픈 여자는 안 된다며 처음부터 오순정과의 결혼을 반대했다. 둘째를 낳고 아이들 맡길 곳이 없어 엄마와 살림을 합치게 된 뒤로는, 아들 등골 빼먹는 년이라고 틈만 나면 욕을 퍼붓곤 했다. 그럴 때마다 오순정은 엄마 복 없는 년이 시어머니 복이라고 있겠냐며 눈이 퉁퉁 붓도록 울었다. 치매가 심해져 작년에 요양원에 들어가기 전까지 그런 시어머니를 오순정은 묵묵히 모시고 살았다.

동네 슈퍼에 들러 소주 세 병과 황태포 한 봉지를 샀다.

웬만해서는 병원에 가지 않는 오순정이 진통제로는 더 이상 못 버티겠다며 치과에 가서 어금니 두 개를 뽑아버린 게 작년 가을이었다. 그 뒤로는 오징어나 질긴 안주 대신 바삭하게 구운 황태포를 즐겨 먹었다.

"이거 구워봐. 소주 한잔하게."

10시가 넘어 들어온 오순정은 내 말에 발끈 화부터 냈다.

"됐어! 재수 없는 마누라하고 뭔 술을 마셔!"

며칠 전에 한 말 때문에 아직도 화가 나 있는 모양이었다.

"홧김에 한 말 가지고 꽁하게…."

"내가 재수가 없어서 되는 일이 없다며!"

그녀가 전화도 받지 않고 문자에 답도 없자 아무 일도 손에 잡히지 않았다. 베란다에서 담배 한 대를 피우고 있는데 오순정이 파스를 들고 오더니 어깨랑 등 쪽에 붙여 달라며 내밀었다. 병원에 가든가 침을 맞으라고 해도 말을 듣지 않았다. 엄마도 그랬다. 허리를 다쳐 꼼짝 못 하면서도 복대를 차고 집 안을 기어 다니며 통증을 버텼다. 싸구려 파스를 온몸에 덕지덕지 바르고 다니는 그놈의 청승들이 지긋지긋했다. 오순정은 늙은 호박 같은 엉덩이골을 드러내 놓고 뒤돌아 앉았다.

"거기 아니고 여기라고. 아까운 파스 엄한 데 갖다 붙이지 말고."

"병원 가라고 했잖아. 드럽게 말 안 들어, 진짜!"

"그럴 돈 있으면 애들 학원 하나 더 보내겠다."

"돈 소리 좀 그만하고 네 꼬락서니나 들여다보고 살아."

"내 꼬라지가 뭐가 어때서? 이래 봬도 어디 가면 사모님 소리 들어, 왜 이래."

능청스럽게 받아치는 오순정의 입에다 파스를 처발라 버리고 싶었다.

"돈이나 많이 벌어 주든가. 팔자 좋게 병원에 며칠 드러누워 있어 보게."

"조용히 못 해? 어디서 재수 없게. 이러니 되는 일이 하나도 없지!"

"뭐 어째? 재수가 없어?"

퍼진 순두부마냥 허연 등을 드러내놓고 있던 오순정이 내 손에서 파스를 잡아채더니 씩씩거리며 방문을 쾅 닫고 나가 버렸다. 그게 며칠 전 일이었다.

오순정은 황태포를 마요네즈에 듬뿍 찍어 우물우물 몇 번 씹더니 꿀꺽 삼켰다. 그리고 소주잔을 단숨에 비워버렸다. 결혼 전에는 술도 못 마시던 여자가 소주 한 병을 거뜬히 비우게 된 건 언제부터였을까. 싱크대나 냉장고에 반쯤 남은 소주병이 들어있기 시작한 건 꽤 오래전부터였다. 회사 동료들과 술을 마시고 밤늦게 집에 들어오면 먹다 남은 새우깡과 소주잔, 그리고 고지서들이 식탁에 펼쳐져 있었다. 한여름에도 아이들 방에 선풍기 하나씩을 넣어주고 거실 소파에 누워 이불도 없이 잠든 오순정을 보면서도 무심히 지나쳐 버렸다.

술잔을 채우던 오순정이 갑자기 코를 훌쩍이더니 손등으로 눈물을 훔쳤다.

"오늘, 그년이 나보고 뭐랬는 줄 알아?"

"그년이 누군데?"

"누군 누구야, 사장년이지."

일을 마치고 들어온 오순정은 가끔 사장 욕을 했다. 돈밖에 모르는 무식한 년이라고.

"막창을 빨래하듯 박박 치대라는데 장갑에 붙은 기름 때문에 손이 자꾸 미끄러지더라고. 그래서 뜨거운 물을 좀 틀어 쓰긴 했어. 그랬더니 곱창 상한다고 생지랄을 다 하는 거야!"

오순정은 분한 듯 씩씩거리며 소주를 들이켰다.

"그냥 때려치워. 그 돈 없어도 살아."

"어떻게 살아? 매달 애들이며 당신 엄마 밑으로 들어가는 돈이 얼만데."

"좀 쉬다가 딴 데 알아봐. 허리하고 어깨 치료도 좀 받고."

"팔자 편한 소리 한다…."

다리를 곧추세우고 앉아 머리를 무릎에 뉘어놓은 오순정이 눈을 감았다.

"근데 오늘, 일하면서 보니까 TV에서 그 영화가 나오더라고."

"무슨 영화?"

"여인의 향기, 알파치노 나오는. 고등학교 때 봤으니 몇 년 전이야 그게…."

오순정은 마치 영화를 보고 있는 듯 눈을 반짝이며 말했다.

"눈이 안 보이는 슬레이드 중령이 함께 춤을 추자고 하니까 도나가 그래. 실수할까 봐 걱정된다고. 그때 알파치노가 이렇게 말하지. 탱고는 실수할 게 없어요. 만약 실수로 스텝이 엉킨다면 그게 바로 탱고지요. 캬! 멋지지 않아? 예전에 그 영화 보면서, 언젠간 나도 탱고를 배워봐야지 했는데…."

"지금이라도 배워, 돈타령 그만하고."

"말이 쉽지, 내 팔자에 춤은 무슨."

입이 찢어져라 하품을 하던 오순정은 소파에 잠시 누워있겠다더니 어느새 코를 골고 있었다. 말려 올라간 옷 밑으로 하얀 파스가 보였다. 터진 솜이불에 흰 천 조각을 덧대 꿰매 놓은 듯 붙어있는…. 베란다 창문을 닫고 장롱에서 얇은 이불 하나를 꺼내 덮어주려는데 주머니 속에서 진동이 울렸다.

휴대폰 화면에 그녀의 이름이 떠있었다. 손에 들려있던 이불을 던져둔 채 집 밖으로 나와 전화를 받았다. 주변이 시끄러웠다. 남자들 목소리도 떠들썩하게 들려왔다.

"나아, 누군지 알아요?"

"그럼요, 혜미 씨. 술 많이 마셨나 봐요."

"마셨죠. 나 이제 작간데, 작가니까 마셔야지, 축하주!"

"소식 들었어요. 정말 축하해요."

"그니까 자꾸 전화하고 문자 보내지 말라고, 짜증나게!"

"지금 어디예요? 제가 거기로 갈게요."

"혜미 씨, 빨리 와. 거기서 뭐 해?"

누군가 그녀를 부르는 목소리가 전화기 너머로 들려왔다.

"네, 가요 가."

콧소리를 내며 그녀가 대답했다.

"혜미 씨. 전화 끊지 말고… 혜미 씨?"

애타게 그녀의 이름을 부르고 있는데, 어디선가 귀에 익은 목소리가 들려왔다.

"아빠…?"

뒤돌아보니 편의점 봉지를 손에 든 하나가 서 있었다.

"지금 누구랑 통화하는 거야?"

"아니, 그게 아니고 하나야…."

"뭐가 아닌데. 좀 전에 통화한 사람 누구냐고?"

"아무도 아냐. 진짜, 진짜 아냐."

말없이 나를 바라보고 서 있던 하나가 어깨를 부딪치며 집으로 들어가 버렸다.

문 앞에서 한참을 서성이다 소리 나지 않게 현관문을 열었다. 전화를 받기 위해 던져두고 나온 이불이 오순정의 몸 위에 덮여 있었다. 소파에 누워 낮게 코를 골던 아내가 몸을 뒤척였다. 기분 좋은 꿈이라도 꾸고 있는지 얼굴에 살짝 미소가 스친다. 굳게 닫힌 하나의 방문을 바라보다 식탁에 홀로 앉아 마시다 만 소주병을 마저 비웠다.

'씨발… 뭐라도 한번 제대로 해보고 욕을 들으면 억울하지나 않지.'

좋은 남편은 되지 못해도 좋은 아빠가 되어주고 싶었던 바람마저 이젠 물 건너 가버렸다.

김하나는 오늘도

지난밤 꿈속에서 북두칠성을 봤다는 엄마
의 말이 진짜인지는 모르겠으나 어긋난 한 개의 숫자는 그
때문이라고 했다. 살면서 이런 일을 한 번도 상상도 해본 적
없는 것은, 확률로 따지면 백만 분의 일이라는 행운이 우리
집에서 일어나지는 않을 거였기 때문이다. 어쨌거나 엄마의
치마폭 안으로 별똥별 다섯 개가 떨어졌고 겨우 숫자 하나
차이로 23억을 놓쳤다고 못내 아쉬워했지만 2등에 당첨된
것만 해도 대단한 사건이었다.

　"무엇이든 꾸준히 하다 보면 이렇게 결실을 맺게 되는 거
다."

　엄마는 무릎을 꿇고 앉아 바닥에 머리를 조아리며 "아버

지 하나님, 감사합니다!"를 외쳤다. 주말 내내 엄마는 황금 알을 품은 거위처럼 복권이 든 지갑을 가슴에 껴안고 있었고 월요일 아침, 동네에 있는 농협은행으로 가서 세금을 뗀 8천만 원이 조금 넘는 돈을 넘겨받았다. 2등 당첨금이 보통은 5천만 원에서 7천만 원 정도였으나 그 주에만 1억 원이 넘었다며 운이 좋았다고 했다. 엄마는 돈이 들어있는 통장을 신성한 물건이라도 되는 양 두 손으로 받쳐 들고 우리에게 말했다.

"아빠한테는 절대 말하지 마라!"

토요일 저녁, 아빠는 집에 없었으므로 엄마가 복권에 당첨됐다는 사실도 알지 못했다. 가족인데 어떻게 말을 안 하냐고, 좋은 일인데 왜 숨겨야 하냐고 지훈이가 물었다.

"요즘 헛바람 들어 이상해진 거 몰라? 암튼 안 돼!"

입을 닫는 조건으로 나에게 50만 원, 지훈이에게는 30만 원을 쥐여주었다.

엄마 말대로 아빠가 예전과 달라진 건 사실이다. 말수도 줄고 방에만 들어앉아 있는 시간이 많았다. 평소에도 가족이 오순도순 모여앉아 수다를 떠는 그런 집은 아니었지만 가끔 내 방에 들어와 "딸! 뭐해?"라고 다정하게 묻던, 주말이면 지훈이를 깨워 목욕탕에 가자고 조르던 아빠였다. 하지만 이제 그마저도 하지 않았다.

어쩌면 아빠가 조금씩 변하기 시작한 것은 그날 이후부터였는지도 모르겠다.

재작년 여름, 학원을 마치고 집에 오는 길에 아파트 화단 앞에서 누군가와 통화하고 있는 아빠를 봤다. 어떤 여자의 이름을 애타게 부르고 있었다. 처음엔 어이없고 화가 나기도 했지만 더 이상 신경 쓰고 싶지 않았다. 조금 야박한 말인진 몰라도 누구나 자기 등에 짊어진 삶의 무게가 제일 무거운 법이다. 그 무렵, 내 문제만으로도 사는 게 벅찰 때였다.

고등학교에 들어간 이후, 나는 거의 혼자 다녔다.

중학교 때도 '재수 없다'는 말을 종종 듣긴 했지만 그렇다고 친구가 전혀 없는 건 아니었다. 인터넷 검색만 조금 해두면 아이들이 좋아하는 가수나 연예인에 대해 적당히 수다를 떨어줄 수 있었다. 하지만 고등학교에 들어간 뒤로는 그마저도 하지 않았다. 내신도 신경 써야 하고 졸업하면 다시 보지 않을 애들에게 내 시간을 빼앗기고 싶지 않았다. 그러다 2학년에 올라가고 얼마 되지 않아 그 사건이 터졌다.

확률로 따지면 25분의 1. 하고 많은 애들 중에 왜 하필이면 내가 찌니에게 찍혔을까. 아무리 생각해 봐도 그것밖엔 이유가 없다. 찌니가 좋아하는 그 남자 때문이었다. '슬기로운 의사생활'에 나오는 정경호와 어딘지 모르게 닮은 구석이 있는 수학은 살짝 남을 비웃는 듯한 시니컬한 미소로 아이들에게 인기가 많았다. 게다가 미혼이었다. 평소에도 찌니는 "저 남자는 내 거!"라며, 침 흘리는 년은 가만두지 않겠다는 말을 떠들고 다녔다. 그러거나 말거나 실없는 농담이나 찍찍 해대는 그런 인간에게 나는 좁쌀 한 톨만큼의 관심도 없었다.

그날도 왁스를 잔뜩 바르고 들어온 수학이 칠판에다 지난주에 배웠던 문제 하나를 써놓고 출석부에서 골라낸 이름을 호명했다. 하필이면 그게 찌니였다.

"야, 장희진. 너 곱셈 나눗셈은 할 줄 아냐?"

그 말을 들은 찌니의 귓불이 입술 색깔보다 더 벌게졌다. 얼굴이나 몸매로는 누구에게도 뒤지지 않는다고 자부했지만 공부만큼은 누구보다 뒤처지는 아이였다. 한심한 눈빛으로 쳐다보던 수학이 고개를 절레절레 흔들더니 제일 앞자리에 앉아있던 내 이름을 불렀다. 공식만 알고 있으면 누구나 쉽게 풀 수 있는 문제였다.

"하나는 얼굴만 예쁜 게 아니라 뇌까지 섹시하단 말야."

칠판에 답을 적고 돌아서자 수학이 엄지를 척 들어 올리더니 이딴 개소리를 했고, 그 한마디가 개똥을 100번 밟는 것보다 더 재수 없는 일이 되어 버렸다.

중학교 때부터 일진으로 유명했던 희진이를 아이들은 '찌니'라고 불렀다. 같은 중학교에 다니지 않아 잘은 모르지만, 한번 찍힌 애들은 학교를 그만두거나 옥상으로 올라가 뛰어내려야 끝이 난다는 소문도 있었다. 설마 그렇게까지야 하겠나 싶었던 일을 몸소 체험하게 될 줄은 정말 몰랐다.

뒷자리에 몰려 앉아있던 찌니 무리가 나에게 오더니 수학여행 갈 때 양주를 쎄벼오라고 했다. 평소에 나의 행실로 보아 순순히 그 말을 들을 리 없다는 걸 뻔히 알면서도 괜한 트집을 잡아 괴롭히려는 속셈이었다.

"편의점에 파는 시바스 리갈 알아 몰라?"

허벅지에 착 달라붙는 예쁜 유리병이라며 휴대폰으로 사진까지 찾아내 눈앞에 디밀었다. 가방 검사할 때 들키지 않으려면 치마 속에다 스타킹으로 묶어 오든 팬티 속에다 양주병을 숨기든 알아서 가져오라고 했다.

"야! 냄새 나잖아, 씨발!"

무리 중에 한 아이가 코를 잡고 '우웩' 토하는 시늉을 해 보였다.

"잘난 년이라 거기도 열나 빡빡 씻겠지, 안 그래?"

찌니가 엄지를 척 들어 올리자 아이들은 배를 잡고 깔깔 웃었다.

"야, 또라이몽. 안 가져오면 너는 나한테 디진다!"

'또라이' '재수 없는 년' '싸가지' '매국년' 등등 별명이 수시로 바뀌긴 했지만 대놓고 부를 땐 또라이몽이었다. 공부 못하는 애들이 공부 잘하는 부류에 대한 질투심 때문에 만들어 붙인 것들이라 이런 일을 당하기 전까진 그런 호칭이 귀에 거슬리진 않았다. 수업시간엔 엎어져 잠이나 자고 수업이 끝나면 허연 침자국 위에다 화장을 덕지덕지 처바르고 몰려나가는, 그런 한심한 애들일 뿐이었으니까….

수학여행 첫날, 방을 배정받고 가방 검사를 하러 들어온 선생님이 나가고 나자 찌니 무리가 우리 방으로 찾아왔다.

번질거리는 짙은 오렌지색 립 틴트를 칠한 아이가 껌을 짝짝 씹으면서 손바닥을 내밀었다. 그냥 해본 말이 아니었던 모양이다. 하지만 나는 청바지를 입고 있었으니 팬티 속이나 치마 밑에 묶어둔 술병 따위는 없었다.

"갖고 왔지? 내놔 봐."

"학생이 어떻게 술을 사와? 그리고…."

눈을 가늘게 뜨고 팔짱을 끼고 있던 찌니가 말이 끝나기도 전에 내 뺨을 갈겼다.

"씨발년아, 내 말이 우습지?"

뺨을 맞아본 건 그때가 처음이다. 눈물이 솟구칠 만큼 기분이 더러웠지만 그렇다고 맞받아 때릴 수도 없었다. 찌니 주변엔 말보다 손이나 발이 먼저 나가는 애들이 포진해 있었으니까.

"내가 왜 그딴 걸 가져와야 되는데?"

목소리가 떨렸다. 하지만 눈을 똑바로 뜨고 그 애를 쳐다봤다.

"싫다고 말 안 했잖아 미친년아! 그럼 그때 말했어야지!"

다시 한번 찌니의 손이 올라가자 나도 모르게 머리를 감싸고 주저앉아 버렸다.

수학여행 내내 나를 따라다니며 괴롭히던 찌니 무리의 만행은 시간이 갈수록 더 야비해졌다. 학교에서도 가방 속에 있던 물건이나 책이 사라지고 사물함에 들어있던 체육복을 쭉쭉 찢어 놓기도 했다. 잠시 저러다 말겠지 싶어 무시하고 넘어갔지만 찌니 일당의 괴롭힘은 집요했다. 한번 물면 죽을 때까지 놔주지 않는 사냥개처럼, 내 숨통을 물고 늘어졌다.

"또라이몽, 너네 동생 호명고 다닌다며? 그 학교 짱이 나랑 친한 오빤데 한번 찍히면 쥐도 새도 모르게 죽어. 주둥이 잘못 놀렸다간 알지? 바로 카톡 때린다."

담임에게 일러줬다간 지훈이가 나 대신 괴롭힘을 당하게 될 거란 협박이었다.

같은 반 아이들은 내 고통에 무심했다. 아니, 오히려 찌니 일당의 만행을 즐기는 것처럼 보였다. 안전한 곳에 숨어 사냥개에게 내몰리는 다른 먹잇감을 구경하는 눈빛들이었다. 돌이켜 보면 초딩 때나 중학교 다닐 때도 얼굴에 그늘이 진, 친구들과 어울리지 못하고 왕따를 당하는 아이가 늘 있었다. 이유는 그때그때 달랐지만 눈치 없고 맹한, 늘 똑같은 옷만 입고 오거나 장애가 있는, 말하자면 남들과 조금 다르게 눈에 띄는 아이들이었다. 하지만 나와는 상관없었다. 이런 일을 당해보기 전까진 나 역시 그런 눈빛을 가지고 살았으니까.

"대가리도 좋은 년이 왜 말귀를 못 알아 처먹지? 10만 원만 꿔달라고 했잖아!"

그날도 교문 밖에서 찌니 일당에게 둘러싸여 괴롭힘을 당하고 있을 때였다.

"니들 걔한테 돈 맡겨놨냐?"

어디선가 걸걸한 여자애 목소리가 들려왔다.

"넌 뭔데 미친년아. 가던 길 가세요, 아가리 털지 말고."

찬미슈퍼집 딸 명진이었다.

어릴 적, 지훈이를 데리러 태권도 도장에 갔다가 우렁차게 기합을 넣고 있는 명진이를 처음 보았다. 짧은 커트 머리에 까무잡잡한 피부, 처음엔 남자애인 줄 알았다. 초등학교 4학년 때, 딱 한 번 같은 반이 되긴 했지만 그렇다고 친구는 아니었다. 나는 화장실에 다녀오는 것 말고는 쉬는 시간에도 교실에 앉아 책을 읽는 아이였지만 명진이는 달랐다. 운동장에서 남자애들과 어울려 축구를 하거나 개구리처럼 철봉에 매달려 있곤 했다.

서로 다른 중학교에 갔다가 고등학생이 된 뒤로 다시 보게 됐다. 같은 반은 아니지만 가끔 복도에서 마주치면 먼저 손을 들어 "어이!" 하고 아는 체를 해주던 아이였다.

"야 또라이몽, 쟤 아는 애냐?"

찌니의 물음에 나 대신 명진이가 대답했다.

"알면 뭐, 그게 중요해 지금?"

같잖다는 듯 코웃음을 치던 찌니가 담배를 꺼내 물었다. 곱게 보내줄 생각이 없다는 거였다. 하지만 그날, 죽도록 얼어터진 건 명진이가 아니라 찌니였다. 지나가던 누가 신고했는지 경찰차가 나타나 명진이는 파출소로 찌니는 병원으로 실려갔다. 그리고 나는 구경하던 무리로 분류돼 그곳에서 빠져나왔다. 그 일로 '학폭위'가 열렸고 명진이는 정학 처분을 받게 됐다. 아이들끼리 떠드는 말로는 갈비뼈가 세 대나 부러지고 코뼈에 금이 갔다고 했다. 조폭처럼 보이는 찌니의 아버지가 학교에 쳐들어와 교장실에 있던 화분을 던져 박살 내고 명진이 부모에게는 합의금으로 천만 원을 내놓으라고 했다는 말도 들렸다.

담임을 찾아가 어떻게 된 일인지 설명하려 했지만 용기가 나지 않았다. 폭행 현장에 내가 있게 된 이유를 털어놓게 되면 우리 부모님까지 학교로 불려오게 될지도 몰랐다. 어찌 되었든 폭행 사건에서 명진이는 가해자였고 찌니는 피해자였으니까.

그 후로 몇 번, 찬미슈퍼를 찾아갔지만 주위만 맴돌다 돌아오곤 했다. 찌니가 먼저 시뻘건 담배를 명진이 얼굴에 들이댔다고, 그러니 명진이 잘못이 아니라고 지금이라도 선생님을 찾아가 사실대로 말하는 게 맞는 건지 판단이 서질 않았다. 학원을 마치고 나도 모르게 집이 아닌 찬미슈퍼 쪽으로 발길이 향했다. 가게 안에서 아주머니가 물건을 정리하고 있는 모습이 보였다. 몇 번 뵌 적은 없지만 다정하고 눈웃음이 고운 분이었다. 찌니 아빠란 사람이 여기까지 쳐들어와 행패를 부리지 않을까 걱정이 됐다.

"나 보러 왔냐?"

깜짝 놀라 뒤돌아보니 스쿠터 위에 명진이가 앉아있었다.

"어디… 갔다 와?"

"배달."

잠시 기다리라고 하더니 명진이가 슈퍼 앞에다 스쿠터를 끌어다 놓고 왔다. 생각보다 밝은 모습이라 조금 마음이 놓였다.

"배 안 고파?"

"별로."

"학원 이제 끝난 거야?"

"좀 아까."

뭔가 말을 하고 싶었지만 무슨 말부터 꺼내야 할지 머리가 복잡했다. 명진이는 갈 곳이 있는 사람처럼 성큼성큼 앞장서 걸었고 나는 그림자처럼 말없이 따라갔다. 아파트 농구장에 누군가 공을 놓고 간 모양이었다. 명진이가 농구 골대에다 몇 번이고 공을 던져 넣었다. 170센티가 넘는 키에 운동으로 다져진 몸이라 그런지 던지는 폼이 제법 좋았다.

"어차피 재미없어서 학교 관두려고 했어. 그러니까 신경쓰지 마."

공을 던져 넣으며 명진이가 말했다.

"그래도… 졸업은 해야지."

"대학 갈 거도 아닌데 뭐 하러."

공을 있던 자리에 도로 갖다 놓고 온 명진이가 담배를 꺼내 물었다.

"뭐야, 너 담배도 퍼?"

"중학교 1학년 때부터니까 꽤 됐지."

명진이가 크크 웃으며 담배 한 대를 내밀었다.

"너도 펴봐. 답답할 땐 이만한 게 없어."

담배는 불량한 애들이나 피우는 거라 생각했다. 학교에서
는 모범생이고 집에서는 말썽 한번 피워본 적 없는 딸이었
다. 그랬던 내가 처음으로 입에 담배를 물었다.

"오, 잘 피는데! 혹시 너 골초 아니냐?"

"머리가 똑똑해서 금방 배워, 뭐든."

"와, 재수 없다 너. 그러니까 왕따나 당하지."

"사람 패서 돈이나 물어주는 너보단 낫다."

별것도 아닌 말에 둘 다 한참을 깔깔대며 웃었다. 명진이
를 만나면 무슨 말부터 꺼내야 할지 고민해 왔던 것들이 담
배 연기처럼 허공 속으로 흩어졌다.

"부모님이 슈퍼마켓 하면 좋은 게 뭔 줄 아냐?"

"먹고 싶은 거 맘대로 먹을 수 있는 거?"

"아니, 담배 구하는 게 쉽다는 거."

가게 일을 돕다 보니 담배 한 갑씩 슬쩍하는 건 일도 아니
라고, 중학교 때는 남자애들에게 웃돈을 얹어 팔아 용돈으
로 썼다고 했다.

"그게 자랑이냐?"

"자랑이지. 돈 버는 재주 아무나 있는 거 아니다, 너. 열심히 돈 벌어서 서른 되기 전에 세계일주 떠나는 게 내 꿈이다."

"대학도 안 가고 취직은 어떻게 할 건데?"

"요즘은 대학 나와도 돈 못 벌어."

명진이는 자동차 정비기사 자격증을 딸 거라며, 그런 다음 돈을 모아 이름이 예쁜 도시들을 찾아 떠날 거라고 했다.

"드레스덴이라는 도시가 있거든. 사람들이 그곳을 독일의 피렌체라고 부른대. 일단 거기부터 시작해서 오스트리아와 스위스로 건너가는 거지. 그런 다음, 쭉 도는 거야. 발길 닿는 대로. 어때, 멋지지?"

"그래, 너 잘났다."

"어딜 가든 사람 사는 거 다 똑같아. 돈 떨어지면 거기서 벌어 쓰면 되고. 꿈이 왜 꿈으로만 끝나는지 아냐? 사람들은 안 될 이유만 찾거든. 너처럼 생각이 많으면 계산기 두드리다 인생 끝나는 거야. 나처럼 단순하게 살아야 죽을 때 후회 안 한다."

그렇게 한참 수다를 떨고 나니 그제야 배가 고파왔다. 명진이와 헤어진 뒤 편의점에서 삼각 김밥과 컵라면을 샀다.

그리고 집에 오는 길에 아빠를 보았다.

전화기를 붙들고 누군가의 이름을 애타게 부르고 있는.

갈비뼈 세 대와 코뼈에 금이 간 찌니는 퇴원을 하자마자 합의금으로 받은 돈을 챙겨 집을 나가 버렸다고 했다. 자기 아빠가 그 돈을 써버리는 것은 용납할 수 없었던 모양이다. 학원 수업이 끝나면 가끔 명진이를 만나 수다를 떨고 주말 엔 스쿠터를 얻어 타고 도시 외곽으로 함께 바람을 쐬러 가 기도 했다. 고통 이전의 평범한 일상과 고통을 당해보고 난 이후의 일상은 달랐다. 쉬는 시간이나 점심시간마다 불안에 떨지 않아도 되고 찌니 일당이 진을 치고 있을까 봐 쥐새끼 처럼 학교 뒷문으로 드나들지 않아도 된다. 그것만으로도 내 인생의 고민 절반쯤이 사라진 느낌이었다.

하지만 여름방학이 끝나갈 무렵, 나에겐 또 다른 고민이 생겼다. 이과를 선택한 건 좀 더 취업이 잘 되리란 이유에서 였지만 내가 가고 싶은 학과는 사실 따로 있었다. 어떡해야 할지 판단이 서지 않는다는 내게 명진이가 말했다.

"야, 생각해 봐. 지금 돈까스가 먹고 싶은데 몇천 원 아낀 다고 김밥 먹는 게 맞냐? 일단 돈까스를 맛있게 먹어. 그런 다음, 다른 곳에서 조금 덜 쓰거나 더 벌면 되는 거야!"

"그렇게 간단한 문제가 아니잖아. 내 인생이 달린 문젠데."

"복잡할 건 또 뭐야. 어차피 뭘 선택하든 후회하게 돼 있어. 돈까스를 먹고 싶을 땐 그거만 생각해. 먹기 싫은 김밥 꾸역꾸역 먹지 말고."

명진이는 그딴 건 고민거리도 되지 않는다는 듯 명쾌하게 말했다.

"아무리 봐도 넌 사기꾼이 딱인데."

"뭔 소리야?"

"이상하게 설득이 된단 말야."

명진이 말에는 그런 힘이 있었다. 별것 아닌데도 듣고 나면 그냥 믿고 싶어졌다.

담임은 1등급인 내가 J 대학 문예창작학과에 지원하겠다고 하자 펄쩍 뛰었다. 학과보다 대학 네임밸류가 훨씬 더 중요하다며 K 대학을 권했지만, 전액 장학금을 받기 위해선 어쩔 수 없었다. 엄마나 아빠에게 경제적으로 부담을 주고 싶진 않았다. 진로가 정해지자 그때부터 다시 책을 읽기 시작했다. 아빠가 가끔 내 방 책상에 올려두었던, 밑줄이 그어져 있거나 페이지가 살짝 접혀 있는 책들이었다.

"나 학교 때려치울까 봐…."

지훈이가 오토바이 사고로 발목뼈가 부러져 병원에 입원해 있을 때였다. 훔친 오토바이인 줄 모르고 얻어 탔다고 했다. 그동안 크고 작은 사고를 치긴 했지만 절도는 다른 문제였다. 자퇴가 아니라 퇴학을 당하게 될 수도 있었다. 어려서부터 말썽을 피울 때마다 할머니는 지훈이만 감싸고 돌았다. 사내애는 원래 그런 거라고, 사람 패는 거 말고는 다 해 봐도 괜찮다며 오히려 기를 살려줬다. 내가 아무리 좋은 성적을 받아와도 계집애가 공부 잘해서 어따 쓰냐고, 여자는 그저 남편을 하늘같이 섬기고 자식 낳아 잘 키우는 게 최고라고 했다. 참다 참다 내가 말대꾸라도 한마디 하면 아무 잘못도 없는 엄마에게 불똥이 튀었다. 보고 배운 게 없으니 딸년도 저 모양이라며 엄마 가슴을 후벼 파는 말을 서슴없이 내뱉었다. 그런 할머니가 어쩔 땐 죽이고 싶을 만큼 미웠다.

"학교 관두면 뭐 할 건데!"

"돈 벌어야지."

"뭐 해서 돈을 벌어?"

"배달 알바도 한 달 빡세게 하면 300은 벌어."

"그러다 사고 나면 개죽음이야."

"짧고 굵게 사는 거지 뭐."

"넌, 엄마 아빠 고생하고 사는 게 불쌍하지도 않냐?"

"그러니까 돈 벌 거라고!"

같이 어울려 다니던 형들은 이번 건 말고도 다른 절도 사건에 연루돼 소년원에 송치됐다고 했다. 경찰서에 지훈이 대신 불려간 엄마가, 아들이 훔친 게 아니라고 그러니 이번한 번만 봐달라며 싹싹 빌었다. 몇 번이나 오토바이 주인을 찾아가 합의를 받아낸 아빠 덕분에 수술을 마친 지훈이는 학교로 돌아갈 수 있었다. 그리고 나는, 원하는 대학에 수시로 합격했고 전액 장학금도 받게 됐다.

대학에 들어가고 얼마 지나지 않아, 엄마에게 어이없는 일이 일어났다.

벚꽃이 눈처럼 나리는 4월의 어느 토요일 밤이었다. 책 한 권 들어있지 않는 지훈이의 가방을 한심한 듯 들여다보며, 고 3짜리가 이게 뭐냐고 머리를 한 대 쥐어박으려던 순간 거실 쪽에서 엄마의 비명소리가 들려왔다. 내가 다 알아

서 한다고, 그놈의 잔소리 좀 그만하라며 빡빡 대들던 지훈
이가 그 소리에 놀라 방문을 벌컥 열고 튀어나갔다.

"왜? 뭔데?"

"이… 이게 됐다니까!"

엄마의 손에 복권 한 장이 들려 있었다.

"뭐야! 엄마 로또 당첨된 거야?"

지훈이가 펄쩍펄쩍 뛰며 엄마를 부둥켜안았다.

"그러니까 이게 맞긴 맞았는데….

"맞았는데 뭐?"

"1등은 아니고, 뽀나스 점수까지 여섯 개."

"그럼 2등이잖아, 엄마!"

김이 샜다는 듯 지훈이가 소파에 털썩 주저앉았다.

숫자 하나만 더 맞았더라도 1등에 당첨될 수 있었는데 아
쉽게 2등이라고 했다. 살다 보니 이런 일도 다 있다며 엄마
는 몇 번이고 숫자를 확인하고 또 확인했다. 뜬눈으로 이틀
밤을 새운 엄마는 월요일 아침, 집에서 가까운 농협은행으
로 달려가 당첨금을 받아왔다. 그런 다음, 아빠에게는 절대
말하지 말라고 신신당부했지만 지훈이 때문에 결국 들통나
버렸다.

복권에 당첨되고 일주일이 지난 일요일 아침, 도서관에 책을 반납하러 나갔던 아빠가 화장실이 급해 다시 집으로 들어왔고 그 사실을 몰랐던 지훈이가 엄마에게 PC방을 하자며 졸랐던 모양이다. 화장실 안에서 그 소리를 듣게 된 아빠는, 이게 무슨 말이냐며 엄마에게 물었고 그러다 복권에 당첨된 사실을 알게 됐다. 20년을 한집에 살면서 어떻게 그럴 수 있냐고 분개하던 아빠는 볼일을 보고 난 화장실에 물도 내리지 않은 채 그길로 집을 나가 버렸다.

어려서부터 누구보다도 나를 예뻐해 줬던 아빠, 그런 아빠와 조금씩 멀어지게 된 건 중학생이 되고 난 이후부터였다. 하루는, 힘들게 일하고 들어와 소파에 쓰러져 잠든 엄마를 보고도 못 본 척 지나쳐 방으로 들어가는 아빠의 뒷모습을 봤다. 늘 그 자리에 놓여있는 텔레비전이나 식탁처럼, 눈길 한번 주지 않았다. 할머니가 엄마에게 그토록 독한 말을 퍼부어대도 편 한 번 들어준 적이 없다. 그래서 한번은 따지듯 물었다. 왜 할머니가 저렇게 하도록 가만두냐고, 엄마가 불쌍하지도 않냐고. 그러자 아빠는 세상 쓸쓸한 표정을 지으며 내게 말했다.

"할아버지 돌아가시고 혼자 힘으로 아빠 키우면서 고생을 많이 하셨어. 어려서부터 그걸 보고 자라서 그런지 말이 잘 안 나와. 서럽다 그럴까 봐. 엄마는 살날이 많지만 할머니는 아니잖아. 그러니 하나가 할머니 이해해 드리자."

두 달 전, 요양원에 있던 할머니가 원인불명의 뇌진탕으로 갑자기 세상을 떠난 이후로 아빠는 아예 입을 닫아 버렸다. 여전히 회사와 집을 오가고, 책을 읽고, 무언가를 쓰고 있었지만 가족들과 말 한마디 섞지 않았다. 그러다 엄마가 복권에 당첨된 것을 아빠에게만 숨겼다는 사실을 알게 되자 기다렸다는 듯 집을 나가 버렸다.

전화도 받지 않고 문자에 답도 없던 아빠가 화요일 아침, 문자를 보내 왔다. 회사에 휴가를 내고 잠시 쉬다 오겠다고 했다. 집을 떠난 지 사흘째 되는 날은 엄마에게 문자가 왔다. 회사를 그만둘 생각이라고, 퇴직금으로 나오는 돈은 대출금 갚고 나머진 당신이 알아서 하라는 내용이었다. 지훈이와 내가 계속 전화를 해봤지만 받지 않았다. 이래서 내가 복권 당첨된 사실을 숨겼던 거라며 엄마는 머리를 싸매고 누워버렸다. 그러다 까먹고 있던 게 생각난 듯 벌떡 일어나 철없는 아들의 등짝을 사정없이 내리치곤 했다. 할머니가 사라진 집에서 더 이상 지훈이 편을 들어줄 사람은 없었다.

문자를 보내온 이후로 아빠는 진짜 회사를 그만뒀다. 퇴직금에서 500만 원만 자기 몫으로 떼어놓고 나머지는 엄마 통장으로 입금시켰다. 그 돈으로 강원도 주문진항 근처에 작은 방 하나를 얻었다고 했다.

어려서부터 내가 보아온 아빠는 이런 사람이 아니었다. 저지르고 보자는 식의 무책임한 행동은 하지 않았다. 그랬던 아빠가 20년 넘게 다녔던 직장을 하루아침에 그만두고 집을 나갔다는 게 믿기지 않았다. 갈 거면 이혼하고 가라는 엄마 말에 원한다면 그렇게 해주겠다고 했다. 가방 하나에다 옷가지 몇 개와 소지품을 챙기고 책장에서 골라낸 책을 종이상자 4개에다 나눠 담은 뒤, 적어준 주소로 보내 달라고 내게 부탁했다.

"아빠, 꼭 이렇게까지 해야 돼?"

"너희들한테는 정말 미안하다."

"그럼 엄마는 어떡하라고."

"나 없이도 잘 살 사람이야."

"복권 당첨된 거 말 안 했다고 이러는 거야?"

"그것 때문만은 아니고…."

"그럼 뭔데? 그냥 집에서 아빠 하고 싶은 거 하면 되잖아."

붙잡는다고 마음을 돌릴 것 같진 않았다. 지은 죄가 있어 입을 다물고 있던 지훈이는 아빠가 문을 닫고 떠나자 제일 먼저 입을 열었다.

"와 씨발, 진짜 미친 거 아냐?"

엄마도 나도 황당하긴 마찬가지였다. 옷을 붙잡고 늘어지면 그 옷마저 벗어놓고 나갈 거 같았다. 이 순간만을 준비해 온 사람처럼 일주일 동안 모든 걸 정리하고 아빠는 떠나버렸다.

한동안 넋을 놓고 있던 엄마는 생각보다 빨리 자리를 털고 일어났다. 통장에 들어온 퇴직금으로 남아있던 전세 대출금을 갚고 집을 사기 위해 다시 대출을 받아야 할지 가게 자리를 알아봐야 할지 고민하는 눈치였다. 뭘 해도 어중간한 돈이지만 남편도 떠난 마당에 가만 손 놓고 앉아있을 수만은 없다고 했다.

자동차 정비 자격증을 딴 명진이는 제법 큰 카센터에서 일하고 있었다.

퇴근할 시간에 맞춰 찾아갔지만 아직 일이 끝나지 않았다며 요 앞 삼겹살집에 먼저 가 있으라고 했다. 냉동고기를 쓰지 않는 데다 가격도 저렴해 갈 때마다 대기하는 사람들이 많았다. 일을 끝내고 온 명진이가 달궈진 불판에 삼겹살을 올리며 말했다.

"너네 아빠, 어쩌면 그런 거 아닐까?"

"그런 게 뭔데?"

"영화 있잖아, 올드보이. 15년 동안 좁은 방에서 군만두만 먹으며 갇혀 있던…."

창살만 없을 뿐이지 자유를 속박당하고 사는 건 감옥과 다를 게 없지 않냐, 그런 삶에서 벗어나고 싶어 떠난 거라면 일단 좀 지켜보라고 했다.

"누구나 그러고 살아. 저렇게 훌쩍 떠나버리면 남아있는 사람들은?"

"각자 알아서 사는 거지 뭐. 자식도 부모 위해 살진 않잖아."

"누가 우릴 위해 살래?"

"각자도상이라는 말도 모르냐?"

"각자도생!"

"뭐 암튼. 남들처럼 사는 건 쉽지만 남들과 다르게 사는 건 용기가 필요한 거야. 앞만 보고 성실하게 살아온 사람한테는 더 큰 용기가 필요했을 테고. 그러니 일단 응원해 드려."

응원까지는 못 하겠다고 하자 그럼 같이 술이라도 한잔 마셔보라고, 그러다 보면 어느 정도는 이해하게 될지도 모른다고 했다. 답을 얻으려 찾아간 것은 아니지만 이번만큼은 명진이 얘기도 별 도움이 되지 않았다.

"아빠 얘기는 그만하자."

담배 한 대를 피우고 들어온 명진이가 대학 생활은 어떠냐고 물었다.

"수업 듣고 과제 하고, 맨날 똑같지 뭐."

수업에 들어온 어느 노교수가 말하길, '문학작품의 실제적인 관찰과 분석을 통한 올바른 창작교육을 토대로 깊이 있는 안목과 자질을 갖춘 창조적인 작가를 길러내는 게 이곳에서의 교육 목표'라 했지만, 선배들을 보면 딱히 그래 보이지도 않았다. 창조적인 작가가 되기 위해 글을 쓰는 사람보다 광고 홍보학과나 방송 미디어 관련 쪽으로 복수 전공을 한 뒤 취업을 준비하는 사람들이 더 많았다.

"그래도 뭔가 배우는 게 있을 거 아냐?"

물론, 배우는 건 있었다. 수업시간에 듣는 교수의 강의보다 선배와의 술자리에서.

"우리 과에 작년에 등단한 선배가 있는데 애들이 물어보는 게 딱 두 가지야. 어떡하면 글을 잘 쓸 수 있냐, 어떡하면 등단할 수 있냐."

얼마 전 술자리에서 나도 똑같은 질문을 한 적이 있다. 그러자 선배가 말했다.

글 좀 쓴다는 애들이 모인 곳이라 처음엔 다 비슷비슷하다고. 그러다 어느 정도 지나고 나면 튀는 애들이 보이는데 일단, 글재주를 타고난 놈들이다. 근데 그건 노력해서 될 일이 아니니 어쩔 수 없고, 또 하나는 상상력이다. 그게 뛰어난 애들은 집필 속도부터가 다르다. 그럼 상상력은 어디에서 오냐? 당연히 독서량이다. 책을 읽은 만큼, 딱 그 수준의 글이 나온다고 보면 된다. 그러니 일단은 무조건 많이 읽고 닥치는 대로 쓰고 존나 퇴고하고, 그거밖에 답이 없다고 했다.

"결국은, 노력하지 않고 성공하는 방법 따윈 없다는 말이

107
김하나는 오늘도

지 뭐."

명진이가 삼겹살과 김치를 잘게 자르고 남아있던 밥을 불판에 올리며 말했다.

"그 선배 말, 틀린 건 아닌데 하나가 빠졌다. 책만 죽어라 읽는다고 좋은 글이 나오겠냐? 기자가 발로 뛰지 않고 기사를 쓰니까 기레기 소리나 듣는 거잖아. 글도 마찬가지 아닐까 싶다. 여기저기 많이 다녀보고, 사람 사는 세상도 직접 부딪쳐 보고, 그래야 쏴라있는 글이 나올 거 아니냐. 머리보단 가슴!"

아빠가 방을 얻은 곳은 주문진의 새뜰마을이라는 곳이었다. 예전엔 등대마을이라고 불렸지만 몇 년 전 도시 재개발 사업으로 새롭게 조성된 마을이라고 했다. 좁은 골목길을 따라 한참을 굽이굽이 올라가자 '강릉 바우길'이라는 스티커가 붙어있는 파란 대문집이 나왔다. 주문진항과 동해가 훤히 내려다보일 만큼 지대가 높은 곳에 아빠의 집이 있었다. 수산시장에서 6시쯤 일이 끝나니 먼저 가 쉬고 있으라며 아빠는 전화를 끊었다. 녹슨 우체통에 들어있는 열쇠로 문을 열고 들어가니 시멘트 바닥의 작은 마당이 나왔다. 비닐

뿍뿍이가 발라져 있는 미닫이문을 열자 바로 방이었다.

세면대 없이 샤워기만 달랑 하나 붙어있는 화장실, 문턱 너머 작은 부엌, 노트북을 올려놓은 앉은뱅이책상 하나, 책장도 없이 바닥에 쌓아놓은 책더미 옆으로 이불과 요가 단정히 개어져 있었다. 한집에 살고 있을 땐 몰랐던… 아빠 냄새가 났다.

7시가 조금 못 돼 한 손에 커다란 비닐봉지를 든 아빠가 숨을 몰아쉬며 들어왔다. 이 동네 제일 맛있는 횟집에서 활어를 떠 왔다며 밥상을 서둘러 펼쳤다.

"헤매진 않았어? 배 많이 고프지?"

새까맣게 그을린 아빠의 얼굴이 건강해 보였다.

"내려올 거면 미리 말을 하지. 전화 받고 깜짝 놀랐잖아."

"그냥, 아빠 어떻게 사는지 궁금하기도 하고."

"나야 잘 살지. 일 끝나고 오징어 회 한 접시 떠와서 소주 한 잔 딱 들이켜면 캬! 이게 사는 맛이구나, 한다니까."

"좋겠네, 아빠만 행복해서."

말은 그렇게 했지만 아이처럼 웃고 있는 아빠 얼굴을 보니 한결 마음이 놓였다.

"엄마랑 지훈이는 잘 지내고 있지?"

태어나 처음으로 아빠와 소주잔을 부딪쳤다.

"지훈이야 뭐, 대학은 포기했고. 엄마는… 요즘 바빠."

곱창집 사장 소개로 작은 가게 하나를 넘겨받기로 한 모양이었다. 목도 좋고 해볼 만하다며 신이 나 있었다.

"교회도 다녀. 열심히 기도해서 돈 많이 벌 거라고."

"돈 많이 벌면 좋지. 너희 엄만 야무져서 뭘 해도 잘할 거야."

"아빤 어때? 글은 잘 써져?"

"써질 때도 있고 안 써질 때도 있고, 그냥 쓰는 거지 뭐."

"근데 왜 하필 여기로 온 거야?"

"아빠가 어렸을 때 바닷가에 살았거든. 할아버지는 배를 타고, 그때가 좋았나 봐. 여기 오면 뭔가 새롭게 시작할 수 있을 거 같아서, 그래서 온 거야."

외롭지 않냐고 묻자, 직장 다니며 매일 똑같은 생활을 할 때가 더 외로웠다고 했다.

"여기로 이사 온 첫날 밤, 창밖을 열고 밖을 내다보는데 검은 바다 위로 등대 불빛이 환한 거야. 어쩌면 저 불빛을 따라 여기까지 온 게 아닐까, 그런 생각도 들고."

"근데 아빠, 나 그거 물어봐도 돼?"

"뭐? 물어봐."

"그날 밤. 아빠가 애타게 이름 부르던 그 여자 누구야?"

"그날 밤? 아…."

"솔직히 말해, 내가 다 봤으니까."

"궁금해?"

"궁금하지, 그럼."

"궁금하면 500원!"

"아, 뭐야 유치하게. 그 여자, 아빠 애인이야?"

아빠는 대답 대신 쓸쓸하게 웃었다. 애인은 아닌 모양이었다.

고등학교를 졸업한 지훈이는 엄마 가게에서 일을 도왔다. 나중에 가게를 물려받아 음식점 사장이 될 거라며 친구들에게 자랑하고 다녔다. 엄마는 곱창집으로 돈을 왕창 번 다음, 좋은 집을 사겠다고 했다. 아직 지하철이 들어오지는 않았지만 이제 곧 지하철이 들어올 만한 동네를 몇 군데 봐뒀다며 잘만 하면 아파트 가격이 두 배로 뛰는 건 한순간이라고 했다.

새벽같이 지훈이를 두들겨 깨운 엄마는 중고로 산 차를 끌고 우시장으로 간다. 싱싱하고 저렴한 재료로 장을 본 뒤

재래시장에 들러 부추며 양파, 고추, 감자도 산다. 그런 다음, 집에서 세 정거장 떨어져 있는 엄마의 가게 '김씨네 한우 곱창'으로 가서 문을 연다. 처음엔 '오씨네 한우 곱창'으로 하려고 했지만 지훈이가 '김씨네'로 해야 한다며, 나중에 자기가 물려받게 되면 그게 맞지 않겠냐고 우겼다. 엄마는 간판의 이름을 바꾸는 조건으로 지훈이에게 조리사 자격증을 따오라고 했고 어쩔 수 없이 다니기 시작한 요리학원이지만 칼질이나 웍을 돌리는 폼이 제법 그럴싸해지고 있었다.

엄마는 점심에 선짓국과 내장탕을 팔고 저녁에는 곱창을 팔았으며 일요일엔 교회에 갔다. 쉬지 않고 열심히 일한 덕에 단골손님도 제법 늘었다고 좋아했다. 지난주엔 김치며 밑반찬을 만들어 꼼꼼히 포장한 스티로폼 박스 하나를 아빠에게 보내주라며 내 방에다 툭 던져놓고 가기도 했다. 함께 있어 서로를 외롭게 했던 사람들이 떨어져 있으며 덜 외로워질 수 있는 길을 찾은 듯 보였다. 돈 많이 벌어 간지나게 살고 싶다는 지훈이는 이번에 임자를 제대로 만난 듯 보였다.

"누나, 아빠가 왜 떠났는지 알 거 같아."

알바 하러 다니며 이런저런 사장 다 만나 봤지만 엄마처럼 잔소리가 심한 사람은 처음 본다며 혀를 내둘렀다. 가끔 가게에 들러보면 녹음기를 틀어놓은 듯 똑같은 소리가 반복해 흘러나왔다.

"빡빡빡 제대로 문질러 닦어! 그렇게 설렁설렁 했다간 월급 못 받을 줄 알아!"

"아, 잔소리 쫌 그만해. 귀에 피딱지 앉을 지경이라고!"

"너, 음식 장사하는 사람들이 왜 망하는지 알아? 재료 하나하나를 신경 써서 깨끗하게 손질해야 하는데 대충대충 설렁설렁, 그러니까 다들 오래 못 가는 거야. 무슨 말인지 알아들어?"

곱창집 사장님 오순정 씨의 잔소리는 끝도 없이 이어지고 또 이어졌다.

카센터에서 일하며 모은 돈으로 명진이는 한 달 동안 배낭여행을 떠났다.

10년 뒤에 세계 일주를 할 게 아니라 지금부터 하나씩 가보는 거로 계획을 바꿨다며, 이름이 예쁜 도시 드레스덴에 잠시 머물다 체코로 건너갈 거라고 했다. 명진이가 보내오는 사진 속에는 브로콜리처럼 **빽빽**하게 들어찬 나무 사이로 보이는 빨간 지붕 집들이나 이름을 알 수 없는 다리 위에서 찍은 엘베강의 아름다운 노을이 찍혀있었다.

어제는 밤늦게 명진이에게서 불쑥 전화가 걸려왔다.

"나 지금, 담배 한 대 피우면서 울고 있다."

너무 행복해서 눈물이 난다고 했다.

"약 올리려고 전화했냐? 눈물 나게 부럽다. 부러워!"

아직은 한 번도 어디론가 훌쩍 떠나보지 못했지만 언젠간 나에게도 그런 날이 오면 좋겠다고 했다. 전화를 끊기 전에 명진이가 내 이름을 불렀다.

"하나야."

"왜?"

"언젠가, 라는 순간은 영원히 오지 않아."

마음먹었을 때, 하고 싶을 때 언제든, 그게 맞는 거라고 했다.

어쩌면 그 말이 맞는지도 모른다. 언젠가 하겠다고 미뤄 둔 것들은 결국 못 하고 살아왔으니까….

낯선 거리에서 담배 한 대를 입에 물고 눈물이 날 정도로 행복하다는 명진이에게 말없이 고개를 끄덕여 주었다. 하루 하루가 똑같은 날들의 반복이 되어서는 안 된다 생각하며.

자전거의 기울기 23.5°

우리 동네 삼거리에는 '아름다운 가게'가 있다. 친구들은 그곳을 재활용 쓰레기를 파는 곳이라 말하지만 그건 뭘 모르고 하는 말이다. 시간이 날 때마다 내가 그곳을 들러보는 이유는 꽤 쓸만한 물건을 건져본 경험 때문이다. 지금 입고 있는 아디다스 저지도 이곳에서 4000원에 샀다. 그리고 신발도 7000원을 주고 산 오리지널 에어포스 나이키다. 푼돈으로 이런 것들을 집어 올 때 기분은 한마디로 째지게 좋다.

오늘도 이런 기대를 안고 그곳 문을 열고 들어갔다. 한 달에 한 번, 셋째 주 목요일엔 바자회에서 팔다 남은 물건이나 기부받은 물품이 들어오는 날이라 평소보다 매장이 복작거렸다. 괜찮은 그릇이나 옷을 건지러 나온 아줌마들 때문이었다.

일단 신발이 놓여있는 매대 쪽을 먼저 훑어보기로 했다. 마음에 드는 르꼬끄 스니커즈는 발이 너무 꽉 끼였다. 조금 큰 건 상관없지만 작은 건 곤란하다. 내 치수보다 큰 옷이나, 사이즈가 작은 신발을 사게 되면 몇 번 못 신고 어딘가에 처박혀 버린다. 오늘은 딱히 건질 게 없어 보였지만 뭔가 색다른 게 하나 걸릴 것 같은 촉이 왔다.

'쨍그렁' 매장문 열리는 소리가 들리더니 자주색 등산 조끼를 입은 할아버지 한 분이 들어왔다. 가게 안이 소란스러워 그런지 입구 쪽에 서서 잠시 머뭇거리더니 초록색 앞치마를 입은 자원봉사자 아주머니에게 다가가 조심스럽게 물었다.

"저기… 밖에 있는 자전거 한번 타 봐도 됩니까?"

유리창 밖을 내다보니 낡은 자전거 한 대가 세워져 있다. 신문을 구독하면 사은품으로 끼워주기도 하는 평범하고 녹이 군데군데 슬은 은색 자전거였다. 신문지를 벗겨내고 그릇을 꺼내 정리하던 아주머니가 그러시라고 친절하게 대답했다. 매장에 있는 사람들이 각자의 이유로 정신없이 움직이고 있었기 때문에 할아버지가 그곳을 나가 자전거를 끌고 유유히 사라지는 모습을 아무도 눈여겨보지 않았다. 동네 한 바퀴 돌고 다시 올 수도 있고 그게 아니더라도 재활용 매장에 내어놓은 낡은 자전거 한 대쯤 할아버지가 가져가 버린다 한들 뭐 그리 대수냐 싶었다. 새로 꺼내놓은 물건들 속에서 건질 만한 게 없나 한참을 뒤적이다 야구모자와 면티 두 개를 사서 매장을 나왔다. 그때까지도 할아버지와 자전거는 그곳으로 돌아오지 않았다.

그 할아버지를 다시 만난 건 금요일, 그러니까 매장에서 할아버지를 본 그다음 날이었다. 자주색 조끼를 입고 벤치에 앉아 담배를 피워 문 할아버지 곁에 재활용 매장에서 끌고 나간 은색 자전거가 얌전히 세워져 있었다. 그냥 모른 척 지나치면 될 것을 괜한 호기심에 말을 건넸다.

"그 자전거, 어제 재활용 매장에서 타고 나가신 거죠?"

내 쪽을 한번 슬쩍 쳐다보던 할아버지가 말없이 담배를 깊게 빨았다.

"할아버지, 혹시 그 자전거…."

"자전거 훔친 할애비 처음 보냐?"

처음 본다. 애도 아니고, 자전거 훔친 할아버지를 흔히 볼 수 있는 건 아니잖은가. 땅에 꽁초를 버린 뒤 쓱싹쓱싹 발로 비비고 있는 할아버지를 잠시 바라보다 '뭔 상관이야' 싶어 돌아서려는데 뒤통수 쪽에서 뜬금없는 질문이 날아왔다.

"너 자전거 탈 줄 아냐?"

"요즘 자전거 못 타는 사람이 어딨어요?"

"자전거 못 타는 사람도 있다."

"저는 여태 그런 사람 못 봤는데요."

"네 눈앞에 있잖냐."

뭐라는 거야, 이 할아버지가. 내가 어제 분명히 봤잖아. 자전거를 타고… 아니네, 그러고 보니 자전거를 끌고 갔어. 근데 자전거도 못 타면서 저걸 왜 훔쳤으며 여기다 세워둔 건 또 뭐야. 애완견처럼 산책 시켜주러 나온 건 아닐 테고, 어디에다 팔아먹으려던 건가. 훔칠 거면 제대로 된 걸 골라야지, 고물상에다 팔아먹을 거면 몰라도 저런 낡은 자전거를 누가 돈 주고 사겠냐고. 그러고 보니 며칠 전부터 우리 아파트 엘리베이터 안에, 자전거를 잃어버렸다는 전단지가 붙어있던데 혹시 저 할아버지가 훔쳐 간 건 아니겠지? 왠지 느

낌이 싸해지면서 두어 발짝 뒷걸음질 치고 있는데 할아버지
가 요상한 말을 꺼냈다.

"자전거 타는 것 좀 가르쳐줘 봐. 죽기 전에 한번 타보고
싶어서 그래."

뭔가 잘못 걸린 게 분명했다. 왠지 불길한 예감이 관자놀
이 쪽을 조이며 지나갔다. 그냥 못 본 척 지나갔어야 하는 건
데 나는 늘 이놈의 오지랖이 문제였다. 일단은 여기를 벗어
나야 한다는 생각에 마음에도 없는 소리가 튀어나왔다. 지
금은 학원을 가야 하니 바빠서 안 되고, 다음에 시간 있을 때
가르쳐드리겠다고 했다. 자전거를 훔쳐 나온 할아버지와 엮
일 생각은 추호도 없었다. 하지만 할아버지는 이런 내 말을
곧이곧대로 믿었는지 자기 전화번호를 찍어주겠다며 손바
닥을 내밀었다. 마지못해 건네준 내 핸드폰에다 고개를 처
박고 숫자 하나하나를 꼭꼭 눌러 넣더니 이렇게 말했다.

"꼭 좀 연락 줘."

고등학교 3학년이면 한창 입시의 늪에 빠져 얼굴이 누렇
게 뜨고 엉덩이에 솟아난 땀띠가 곪아 종기가 되는, 뭐 그런
인고의 시간을 보내고 있을 때이다. 하지만 나는 일찌감치

대학을 포기하겠다는 뜻을 집과 학교에 알렸다. 물론, 이보다 먼저 학교가 나를 포기한 상태이긴 했다. 자전거 도둑 할아버지와 헤어지고 난 뒤, PC방에서 대포(대학포기)들과 멀티플레이로 팀을 짜 3시간가량 치열한 전쟁을 치렀다. 그리고 집으로 오는 길에 편의점에서 컵라면과 삼각김밥으로 저녁을 때우고 나오는데 맞은편 학원 건물 쪽에서 내장 빠진 오징어처럼 축 늘어진 아이들 모습이 보였다. 대학을 포기하지 않았더라면 나도 저 행렬에 끼어 좀비처럼 걸어 나오고 있었을 거다.

사실 나는 특성화 고등학교로 진학해 요리사가 되고 싶었다. 어려서부터 내 손으로 음식 만드는 걸 좋아했다. 초등학교에 들어가면서부터는 라면도 혼자 끓여 먹었다. 파를 송송 썰어 넣은 다음 달걀까지 톡 깨 넣어 먹음직스럽게 끓여낸 라면을 보며 엄마는 손뼉을 치며 좋아했다. 달걀을 젓가락으로 착착착 풀어 설탕과 소금을 조금 넣고 식빵을 적신 다음, 버터로 살짝 구워낸 토스트를 아빠에게 만들어주면 엄지를 척 들어 "우리 아들 최고!"라고 칭찬해 주었다. 하지만 중학생이 되고부터는 내가 만든 자장면이나 김치볶음밥을 보고도 엄마는 더 이상 손뼉 쳐주지 않았고 아빠 역시 엄지 척을 해주지 않았다. 엄마 친구 아들과 아빠 친구 딸이 학교에서 몇 등을 했고 무슨 상을 받았는지가 더 부러움의 대상이 되었으니까.

어쨌거나 나는 요리사가 되고 싶었고 그래서 요리를 배울 수 있는 특성화 고등학교에 진학하겠다고 했지만 엄마의 강력한 반대에 부딪쳐 결국 꿈을 이루진 못했다.

"요즘 세상에 대학 안 나와서 뭐 해먹고 살 건데!"

엄마가 혀를 차며 이렇게 말할 때마다 할아버지는 더 크게 혀를 차며 내 편을 들었다.

"요즘 세상? 죽어라 앞만 보고 달리는 애들 말하는 거냐? 그러다 앞에 놈이 물에 뛰어들면 저도 같이 빠져 죽을런가. 낳아줬으면 그만이지 자식 인생까지 쥐락펴락 네 맘대로 할 생각 마라!"

할아버지 사십구재가 있던 날, 잔뜩 취한 아버지가 날 껴안더니 울먹이며 말했다.

"배움은 많지 않았어도 세상 이치를 깨우치고 사셨던 분이다. 너 다 크도록 곁에 계셔준 게 얼마나 든든했는지 모른다. 네가 대학 못 가도 아빠는 아쉬울 거 하나 없다. 할아버지 말씀대로만 살아라. 아이고, 아부지…"

살아생전, 할아버지는 늘 이렇게 말했다. 돈 없는 놈보다 의리 없는 놈이 진짜 거지새끼다. 자기보다 약한 사람 괴롭히는 건 쌍놈이나 하는 짓이다. 담배꽁초 길에다 버리고 침 찍찍 뱉어대는 그런 것들은 고추를 떼버려야 된다. 술 마시고 아무 데나 오줌 싸갈기는 놈은 똥개나 매한가지다. 자기 집 방바닥에다 안 하는 짓은 집 밖에서도 하면 못 쓴다.

할아버지는 한 번도 나에게 '공부 잘해라, 담배 피지 마라, 술 마시지 마라' 같은 잔소리를 해 본 적이 없다. 다만, 인간으로서 지키고 살아야 할 기본 도리에 대해 알려 주었을 뿐이다.

한번은, 노인정에 장기를 두러 갔던 할아버지가 순댓국집 할아버지와 말다툼을 하고 돌아온 적이 있었다. 허공에 삿대질을 하고 있는 할아버지에게 왜 그러시냐고 묻자, 김가 놈이 자기 손주가 이번에도 전교 1등을 했다고 침을 튀기며 자랑을 했다는 거다. 할아버지 손주는 공부를 못 해서 열 받은 거냐고 묻자, 그게 아니라고 했다. 순댓국집 손자는 평소에 동네 어르신을 봐도 인사 한번 제대로 안 하는 버릇없는 자식이라며 혀를 찼다.

"공부 잘하는 놈보다 인간 됨됨이를 제대로 갖춘 놈이 더 멋진 거여. 우듬지가 아무리 높이 솟아 있으면 뭐 하겠냐. 뿌리가 튼튼하지 않으면 하루아침에 자빠져 버리는 겨. 이놈의 세상이 어찌 된 게 공부 잘하는 놈만 사람대접해주고 공부 못하면 아무짝에도 쓸모없는 놈 취급을 해버리니 원! 그렇게 코피 터지게 공부만 해서 높은 자리 하나씩 꿰차고 앉으면 뭐 혀. 없는 사람, 못 배운 사람, 무시나 해가며 저 잘난 줄만 아는 천하의 팔푼이들인데!"

공부는 좀 못해도 동네에서 인사 잘하기로 소문난 우리 손주가 최고라며 내 등을 두드려 주시곤 했다.

할아버지는 나갔다 들어올 때면, 까만 봉지 하나씩을 며느리인 엄마 손에 건네주었는데 거기엔 길에서 할머니들이 늘어놓고 파는 쑥이나 상추, 아욱이나 돼지호박 같은 것들이 들어 있었다. "보기에는 좋을지 몰라도 농약 잔뜩 뿌려 키운 것보다 텃밭에서 거둔 이런 것들이 몸에는 더 좋은 거여." 할아버지가 방에 들어가고 나면 엄마는 부엌에 들어가 혼자 투덜거리곤 했다. "요즘은 할머니들도 농약 다 뿌리거든요!" 그러던 엄마가 이제는 할아버지 대신 까만 봉지에 그런 것들을 담아 들어온다. 누군가에게 길들여진다는 건 그 사람이 있으나 없으나 매사에 이렇듯 자유로울 수 없는 건지도 모른다.

책상 위에 놓여있는 사진 액자를 들고 침대에 벌러덩 드러누웠다. 사진 속에는 할아버지와 내가 함께 웃고 있었다. 그걸 들여다보다 문득 궁금해졌다. 할아버지는 자전거를 탈 줄 아셨을까? 한 번도 자전거 타는 모습을 본 기억이 없다. 이제는 돌아가셨으니 물어볼 수도 없게 됐지만 말이다. '죽기 전에 한번 타보고 싶다잖냐. 우리 손주, 좋은 일 한번 해라!' 사진 속에서 할아버지가 이렇게 말하고 있는 것 같았다.

속이 허해 밤늦게 라면 하나를 끓여 먹고 그 할아버지가 찍어 준 번호로 전화를 걸었다. 신호가 한 번, 두 번, 세 번… 받지 않는다. 그냥 한번 해 본 말이었나 보다. 그 연세에 자전거는 무슨! 어쨌거나 연락을 해봤으니 됐다는 생각에 한결 가벼워진 마음으로 컴퓨터를 켜고 게임을 시작하려는데 핸드폰이 울렸다. '자전거 도둑'이라고 저장해 놓은 이름이 떴다. 젠장!

애완견을 산책시키듯 자전거를 끌고 나온 할아버지를 동

네 수변공원에서 다시 만났다.

낡은 은색 자전거 안장에 올라앉아 페달을 밟고 뒷바퀴를 한번 거꾸로 돌려보았다. 체인에 녹이 껴서 그런지 뻑뻑하게 감겼다. 아무래도 손을 좀 봐야 될 것 같다고 말하자, 그냥 대충 가르쳐 달라고 했다. 그냥 대충이라니! 나는 자전거를 그런 식으로 배우지 않았다.

초등학교 2학년 여름 방학 때 학교 운동장에서 자전거 타는 법을 처음 배웠다. 그때 아버지는 나에게 말했다. "대충 넘어지고 자빠지며 배우는 게 자전거라지만 숫자에도 1234가 있고 글자에도 가나다라가 있듯이 자전거 하나를 배울 때도 순서라는 게 있는 법이다. 처음부터 제대로 배우는 게 중요한 거야."

자전거를 타기 전에 아버지와 함께 준비 운동을 하고 무릎 보호대와 헬멧을 써야 했다. 아버지에게 자전거 타는 법을 제대로 배운 덕분에 페달과 핸들이 조화를 이루고 돌아가는 이치를 금방 깨우쳤다. 언젠가 내 아이에게 자전거 타는 법을 가르치게 된다면 아버지처럼, 처음부터 차근차근 하나씩 제대로 가르쳐 주리라 마음먹었다. 하지만 지금 내 눈앞엔 생각지도 못한, 넘어지면 나뭇가지 부러지듯 어디 하나가 우지끈 꺾여 나갈 것 같은 구부정한 등에 양옆으로 무릎이 살짝 벌어진 낯선 할아버지 한 분이 서 있다.

"이거 팔꿈치랑 무릎에 끼고 머리에 헬멧도 단단히 쓰세요."

"이게 다 뭐냐. 그냥 살살 타면 되지 번거롭고 민망하다. 애도 아니고."

"그럼 번거롭고 민망하지 않게 혼자 살살 타세요. 저는 이만 갑니다."

"알았다, 하면 될 거 아니냐."

내가 건넨 무릎 보호대를 마지못해 끼고 하얀 머리에 노란 헬멧을 뒤집어쓰자 할아버지는 마치 쪼글쪼글한 어린아이 같아 보였다. 빨리 끝내버리고 싶은 숙제를 앞에 두고 있는 기분이라 해도 우리 할아버지 말씀처럼 아무리 급해도 바늘허리에다 실을 묶어 쓸 수는 없는 노릇이다. 대충 넘어지고 자빠지며 배우는 게 자전거라지만 숫자에도 1234가 있고 글자에도 가나다라가 있듯이 자전거 하나를 배울 때도 순서라는 게 있는 법이다. 오래된 장독 같은 할아버지에게 다짜고짜 엉덩이부터 걸치고 페달을 밟게 할 수는 없다.

"자전거를 타기 전에 스트레칭을 먼저 해야 해요. 자 따라 해 보세요. 일단 어깨를 이렇게 몇 번 돌리고 무릎에 손을 얹은 다음 앉았다 일어났다 다섯 번 반복. 좌우로 허리 돌리기. 허리에 손을 얹고 목도 이렇게 돌려주시고. 네, 됐어요. 이렇게 먼저 몸을 풀어줘야 한다는 거 절대 잊지 마세요. 자 그럼 이제 자전거에 올라앉아 보세요. 안장의 높이는 앉았을 때 다리를 페달 위에 올려놓고 살짝 구부러지는 정도가 좋아요. 페달을 굴릴 땐 다리를 쭉 펴야 하는데… 그렇죠. 그렇게 쭉 뻗어 보세요. 무릎이 자전거 바깥쪽으로 너무 벌어지지 않게, 그리고 허리는 적당히 굽히는 게 좋아요. 팔도 약간 벌린 상태. 네 그렇죠. 브레이크는 아래쪽을 이렇게 항상 먼저 잡고 나중에 바깥쪽 브레이크를 잡아야 해요. 급브레이크를 잡으면 갑자기 앞으로 넘어질 수 있으니 특히 조심해야 하거든요, 아셨죠? 몇 번 잡아보세요. 너무 꽉 잡진 마시고요. 뒤쪽 브레이크부터요. 네, 됐어요. 잘하시네요. 그리고 저기 코너 보이죠. 저런데 돌 때는 어떻게 해야 되겠어요? 천천히 충분히 속도를 줄인 후에 돌아야 해요. 페달은 발끝과 발바닥 사이로, 네 여기요. 여기로 밟는 게 좋아요. 자 몇 번 돌려 보세요. 느낌이 오죠? 어깨에 힘 빼고 제가 잡고 있으니까 자꾸 뒤돌아보지 말고 절 믿으세요. 오, 잘하셨어요. 그렇게 하면 돼요."

30분쯤 휘청거리며 자전거 페달을 밟던 할아버지가 내 쪽을 돌아보며 말했다.

"이거 쉬운 일이 아니다. 담배 한 대만 피고 하자."

헬멧을 벗고 벤치에 앉은 할아버지 얼굴이 발갛게 상기돼 있었다. 담배 한 대를 맛있게 피우고 난 할아버지가 날 의식한 듯 꽁초를 종이에 꼭꼭 싸서 자주색 조끼 주머니에 집어넣었다. 그리고 쉬는 시간이 끝나고 교실로 뛰어 들어온 여덟 살짜리 아이 같은 표정으로 다시 자전거 안장에 엉덩이를 걸치고 앉았다. 뒤에서 잡아주긴 했지만 운동 신경이 그리 둔해 보이진 않았다. 핸들로 균형을 잡아 페달을 굴리고 시선을 똑바로 해서 앞으로 나아가는 데까지 별 어려움 없이 잘 해내고 있었다.

공부는 못해도 그다지 말썽은 피우지 않고 그럭저럭 커나가던 내 인생에 고비가 찾아온 건 중학교 3학년 때였다. PC방에서 만난 친구의 꼬임에 빠져 오토바이를 타게 된 거다. 처음엔 오토바이 뒤쪽에 앉아 있는 것만으로도 신이 났다. 하지만 치킨 배달을 하던 동네 형이 내가 입고 있던 빨간색 아디다스 저지를 탐냈고, 그걸 빌려주면 오토바이 타는 걸 가르쳐주겠다고 했다. 나도 한 번쯤은 오토바이를 끌고 신나게 달려보고 싶었던 터라 그러자고 했다. 오토바이 타는 법을 하루 동안 초스피드로 배운 나는 처음엔 '바랑바랑' 소리가 날 만큼만 속도를 냈다. 하지만 속도를 조금씩 올릴수록 내 팔, 내 가슴, 내 머리가 마치 두루마리 휴지처럼 바람 속으로 풀려나갔다. '부릉부릉 뱌아아앙 뱌아아아아앙' 아스팔트를 문지르며 달려나가다 어느 순간 절정에 다다르게 되는데 그때는 그냥 그 자리에서 딱 죽어 없어져도 좋겠다는 생각이 들 정도였다.

이렇게 오토바이에 미쳐 돌아다니다 보니 친하게 지내던 친구들과도 하나둘 멀어졌다. 술을 마시고 빨강 파랑 노랑 머리의 라이더 형들과 어울려 다녔다. 더 이상 나는 할아버지 곁에서 쭈쭈바를 빨며 만화책이나 보는 어린아이가 아니었다. 어른들이 우스워 보였고 세상이 만만해 보였다. 학교에 불려갔던 엄마가 "니가 어떻게 그럴 수가 있냐!"며 소리를 질렀고 거기에 맞선 내가 "그럴 수도 있지!"라고 대들었다. 그 모습을 본 아버지는 할아버지가 없는 틈을 타 내 빰을 때리기도 했다.

그러다 사고가 났다. 12월의 어느 눈 내린 새벽, 오토바이가 가로수를 들이받고 나가떨어졌다. 병원에서 눈을 떠보니 왼쪽 다리 정강이뼈와 오른쪽 팔목, 왼쪽 갈비뼈 두 대와 대문니 한 개가 부러져 있었다. 머리통이 부서지지 않은 건 그나마 다행이었다. 수술을 받고 온몸을 붕대로 칭칭 감은 채 누워있는 내 곁을 할아버지는 잠시도 떠나지 않았다. 아픈 곳에 얼음찜질을 해주고 입에 밥을 떠서 넣어주고 김칫국물이 묻은 내 입가를 손으로 쓱쓱 문질러 닦아주었다. 엄마처럼 한숨을 내쉬지도, 아버지처럼 혀를 차지도 않았다. 하지만 퇴원을 하루 남겨둔 날 저녁, 할아버지가 내 손을 잡더니 새끼손가락 걸고 약속 하나만 하자고 했다. "준호야, 이제 오토바이는 당분간 타면 안 된다. 스무 살 넘어서 그때도 타고 싶으면 네 마음대로 혀라. 그건 내가 뭐라 할 수 없지. 할애비랑 약속할 수 있겠냐."

부러진 뼈가 붙고 몸이 회복되면서 나 역시 예전으로 돌아왔다. 그 후로는 더 이상 오토바이를 타지 않았다. 대신 자전거를 탔다. 타다 보니 오토바이만큼은 아니더라도 나름의 재미가 있었다. 특히 가파른 오르막에서 허벅지와 항문에 힘을 빡 주고 힘차게 페달을 밟아 길 위에 올라섰을 때의 희열은 제법 그럴싸했다. 아버지가 타던 오래된 MTB를 끌고 다니던 내게 할아버지는 우리 동네 자전거 가게에서 두 번째로 비싼 검은색 카본 로드 자전거를 생일 선물로 사주었다. 잘 빠진 경주마처럼 미끈하고 날렵하게 생긴 놈이었다.

　"자전거를 타게 되면 조심해야 할 게 있어요. 눈이나 비올 때, 그리고 밤에는 절대 끌고 나오지 마세요. 낮에만 살살 타시라구요. 헬멧은 항상 써야 하고 나중에 제가 다시 알려 드리겠지만 자전거 도로 말고는 항상 길 우측으로 붙어 타야 해요. 건널목에서는 일단정지, 자전거에서 무조건 내려서 건너고 신호가 없는 교차로나 굽어진 길모퉁이에서도 일단정지하고 좌우를 살펴야 해요. 넓은 도로로 나올 때도 마찬가지구요. 이렇게 바구니가 따로 없는 자전거에는 핸들에다 물건을 걸기도 하는데 절대 그러면 안 돼요. 무게중심이 한쪽으로 기울어져 넘어지기 쉬워요. 그리고 지금처럼 자꾸 페달에 신경 쓰면 앞을 볼 수 없어 위험해요. 그렇죠. 시선은 저 정도를 보세요. 아니 그렇게 멀리까진 말구요. 저 앞에 나무 있죠. 그 정도 보면 돼요. 장애물이 나타나면 핸들을 너무 급하게 틀거나 하지 말고 브레이크를, 그렇죠. 그렇게 천천히 세우면 돼요. 아셨죠?"

시간을 두고 몇 번에 걸쳐 알려드려야 할 것이긴 했다. 하지만 할아버지를 계속 만나야 하는 건 왠지 부담스러웠다. 온몸에 보호 장비를 차고 걸음마를 떼는 아이처럼 자전거 페달을 밟고 있는 모습을 운동이나 산책하러 나온 사람들이 슬쩍슬쩍 훔쳐보며 지나갔다. 손주와 할아버지의 정답고 훈훈한 풍경쯤으로 생각하는 모양이었다. 마치, 내 부모 놔두고 남의 부모한테 효도하고 있는 기분이었다. 할아버지는 자식들에게 받은 용돈을 차곡차곡 모아두었다가 그 비싼 자전거까지 사주었는데 정작 한번 태워드리지도 못했다. 현관에 들여놓은 자전거를 언제나 말끔히 닦아 놓는 사람이 할아버지라는 걸 알면서도 고맙다는 말을 해드린 적도 없다. 가끔 내 방에 들어와서 침대 위에 만 원짜리 몇 장을 올려놓으며 "밥은 챙겨 먹고 다니는 겨?" 말을 걸어와도 게임을 하거나 핸드폰을 보느라 정신이 팔려 대답조차 제대로 하지 않았다….

누르스름한 흰자위와 살짝 터진 노른자처럼 흐릿한 검은 자위가 뒤섞여 있던 눈이 물에 젖은 차돌처럼 반짝반짝 빛나 보였다. 할아버지는 자전거가 진짜 타고 싶었나 보다.

"근데 자전거는 왜 훔치셨어요?"

문득 그 이유가 알고 싶어졌다. 깡마른 어깨를 주무르며 자전거에서 내려온 할아버지가 헬멧을 벗고 다시 벤치에 앉았다. 공원이 가장자리서부터 발갛게 충혈되고 있었다.

"그게 궁금해서 자전거 가르쳐주겠다고 나온 거냐?"

"그건 아니지만, 그냥 궁금해서요. 생각해 보니까 저희 할아버지 살아계실 때 물어보지 못한 게 많더라고요. 자전거 타본 적은 있는지, 할머니는 언제 어떻게 만나 결혼하신 건지, 살면서 언제가 가장 행복했었는지…."

늦가을 바람에 저만치 세워둔 자전거가 살짝 휘청거렸다.

"저 자전거, 킥스탠드가 낡아서 저래요. 제가 다음에 자전거 수리하는 데 가서 갈아드릴게요."

"됐다. 고칠 필요 없다."

"지금도 한쪽으로 많이 기울어졌잖아요. 저대로 놔두면 자꾸 쓰러져요."

"내버려 둬라. 기우뚱한 게 꼭 우리 마누라 닮아서 데려온 거니까."

"저 자전거가 할머니를 닮았다고요?"

그날 할아버지가 재활용 매장 앞에 세워져 있던 자전거를 끌고 나간 건, 작년에 돌아가신 할머니 생각이 났기 때문이라고 했다. 타지도 못하는 자전거를 끌고 무작정 걷다 보니 어느덧 집까지 와버렸다고. 그래서 다음 날, 재활용 매장에다 이 자전거를 다시 갖다 놓으려고 끌고 나온 길에 나를 만났다는 거였다.

"그럼 저더러 자전거는 왜 가르쳐 달라고 하신 거예요."

"낸들 아냐. 이 나이에 자전거가 왜 갑자기 타고 싶었는지…."

그런 사정이 있는지도 모르고 할아버지를 자전거 도둑으로 오해한 게 미안했다.

"이거 고물이라 어차피 누가 사 가지도 않아요."

"멀쩡한 걸 왜 자꾸 고물이라 그래. 2만 원이나 줬구먼."

할아버지는 어제 매장에 들러, 늦게 와서 죄송하다며 자전거값을 치렀다고 했다.

"근데 이 자전거가 할머니하고 어디가 닮았어요?"

"기우뚱하게 서 있는 게… 꼭 우리 마누라 같더라고."

할머니가 한쪽 다리를 절기 시작한 건 다섯 살 무렵, 열병을 심하게 앓고 난 뒤부터였다고. 같은 동네에 살던 할아버지는 스무 살이 되던 해에 돈을 벌기 위해 고향을 떠나 도시로 갔고 그 뒤로는 서로 소식을 모르고 살았다고 했다.

"배운 게 없으니 닥치는 대로 몸 쓰는 일 하면서 살았지. 돈을 좀 벌었다 싶으면 아버지 약값으로 써버리고 동생들 공부시키는 데 들어가고, 그러니 돈 모을 새나 있었겠냐. 그때 집이라도 하나 사뒀으면 그 고생 안 시켰을 텐데…."

서울 대전 대구 부산, 안 가본 데 없이 떠돌며 닥치는 대로 일을 했지만 늙으신 부모님과 어린 동생들 때문에 돈 한 푼 모아둔 게 없었다며 씁쓸하게 웃었다.

"그러다 아버지가 돌아가셨다는 소식을 듣고 고향에 내려갔다가 다시 만나게 된 거라. 저만치서 젊은 여자가 다리를 절름거리면서 걸어오는데 내가 한눈에 딱 알아봤지."

할아버지는 마치 그때의 할머니를 보고 있는 것처럼 아득한 눈빛으로 앉아 있었다.

"할머니 젊으셨을 때 예뻤어요?"

"예뻤지. 삶은 달걀처럼 뽀얀 얼굴에 맘씨도 착하고, 다리만 멀쩡했으면 미스 코리아도 나갔을 거라."

복사꽃처럼 예뻤다던 할머니는 밥은 안 굶기겠다는 할아버지를 따라 도시로 나가 살게 됐지만 말 그대로 밥만 안 굶겼을 뿐, 불편한 다리를 끌고 식당 일부터 파출부 일까지 안 해본 게 없다고 했다. 결혼해서도 그 많은 시동생 뒷바라지며 자식 둘 대학 공부시키고 시집장가보낼 때까지 그 고생은 말로 다 못 한다면서 할아버지는 자꾸 코를 훌쩍였다.

"비록 가진 건 없지만 두 늙은이 몸 하나는 건강해서 다행이라 생각하며 살았지. 애들도 결혼까지 시켜놨으니 이젠 여행도 다니고 그렇게 살자고 했는데…."

말끝을 흐리는 할아버지에게 할머니는 어디가 아프셨던 거냐고 물었다.

"하루는 시장 다녀오겠다고 나간 마누라가 해가 지도록 들어오지 않는 거라. 그래서 전화를 해봤더니 '여보, 집을 도저히 찾을 수가 없어요' 그러더라고."

가스 불 위에 행주나 된장찌개를 얹어놓고 가끔 태우기는 했지만 나이 들어 그런 거려니 별 대수롭지 않게 생각하던 할아버지는 그날 할머니의 말에 큰 충격을 받았다고 했다. 병원에 데려가 봤더니 이미 할머니는 치매가 많이 진행된 상태였다고. 경비 일을 하던 할아버지는 할머니를 혼자 둘 수는 없어 직장도 그만뒀다. 그래도 처음엔 자식들이 자주 들여다보기도 하고 몸에 좋다는 약도 지어오고 그러더니 시간이 지날수록 그마저도 뜸해져 버렸다.

"긴 병에 효자 없다잖어. 자식들도 나 몰라라 하지, 가진 돈은 없지, 어쩌겠냐. 애들이 알아봐 준 요양원에 집사람을 데리고 갔다. 버스로 두 시간, 마을버스 타고 또 한참을 산속으로 들어가니 오래된 요양원이 하나 나오데."

할머니를 요양원에 보내야 하나 말아야 하나 마음을 정하지 못하던 할아버지는 창살이 박힌 병실에 누워있는 송장 같은 노인네들을 보고 나자 정신이 번쩍 들었다며, 그래서 할머니 손을 잡고 뒤도 돌아보지 않고 그곳을 나와 버렸다고 했다.

"마누라를 등에 들쳐업고 버스정류장까지 걷는데 어찌나 눈물이 나던지, 호강은커녕 평생 고생만 시켜놓고 그 산속에다 마누라를 갖다 버리려고 했으니… 천하에 몹쓸 놈 같더라고 내가."

집에 돌아온 할아버지는 방 두 칸짜리 전세를 빼 방 한 칸짜리로 옮기고 할머니가 돌아가시기 전까지 함께 살았다고 했다. 엊그제 납골당에 다녀오던 길에 재활용 매장 앞에 기우뚱하게 세워져 있는 자전거를 보고 할머니 생각이 났다며, 핸드폰을 열어 사진을 보여줬다. 작은 액정화면엔 핸드폰을 들고 셔터를 눌렀을 커다란 할아버지 얼굴과 아이처럼 수줍은 얼굴로 발그레 웃고 있는 하얀 바가지 머리의 할머니 얼굴이 담겨있었다.

"와, 할머니 진짜 미인이시다! 완전 고와요, 할아버지."

"다리만 멀쩡했으면 좋은 데 시집가서 그 고생 안 하고 살았을 사람인데…."

"에이, 할머닌 그래도 행복하셨을 거예요."

"행복은 무슨, 원망이나 안 하면 다행이지."

"저도 작년에 할아버지 돌아가시고 나서야 알게 됐거든요. 함께 있어 주는 거, 그거보다 더 든든한 건 없어요. 할아버지는 할머니 곁에 끝까지 함께 있어 주셨잖아요. 잠시도 떨어지지 않고… 그러면 된 거죠. 그게 진짜 멋진 거예요."

자전거 쪽을 바라보고 있던 할아버지가 쑥스럽게 웃으며 말했다.

"그런 거냐?"

"두말하면 잔소리죠!"

시인이 되는 게 꿈이었다던 과학 선생님이 해준 얘기다.

45억 년 전, 태양 주위를 돌던 지구가 작은 행성과 충돌했고 그 충격으로 지구는 중심축이 23.5° 기울어져 버렸다. 그때부터 지구에는 미세한 생명들이 자라나기 시작했고 행성과 충돌할 때 떨어져 나간 파편이 지금의 저 달이 되었다는 거다. 그래서 선생님은 달을 볼 때마다 또 다른 지구를 보고 있는 느낌이라고 말했다. 내 몸에서 떨어져 나간 형제별이 서로를 그리워하며 저토록 밝게 비춰주고 있는 거라고.

23.5° 기울어져 있는 지구처럼, 저기 비스듬히 서 있는 낡은 자전거처럼, 고단한 삶을 꿋꿋하게 버티며 걸어가던 할머니의 불편한 다리처럼, 기울어져 있어도 넘어지지 않는 것들이 있다. 그리고 그 곁에서 묵묵히 밑을 받치고 서 있는 고임돌 같은 사랑도 있다. 떨어져 나온 파편이 지구를 비춰주는 달이 된 것처럼….

보름달 같은 노란 헬멧을 쓴 할아버지가 다시 페달을 밟는다. 꾸역꾸역 앞으로 나가던 낡은 자전거가 잠시 휘청거린다. 할아버지의 굽은 등 뒤로 세상의 수많은 기울어진 별들이 밤하늘에서 반짝반짝 빛나며 할아버지를 응원하는 소리가 들려오는 듯하다.

그렇게 계속 힘껏 달려나가면 되는 거라고!

로또

편의점에서 야간 아르바이트를 시작하게 된 건 그놈의 빚 때문이다.

몇 달 전, 500만 원을 꾸어 쓴 뒤 갚지 못했고 딱히 갚을 길도 없는 상태라 언니가 점주로 있는 편의점에서 일하며 빌린 돈에서 제하기로 했다. 어려서부터 돈 계산이 밝았던 언니는 아무리 자매지간이라고 해도 돈 문제에 있어서만큼 은 매정했다. 백수인 형부와 살면서도 분당에 있는 40평대 아파트와 제법 큰 편의점을 두 개나 돌리고 있는 것만 봐도 알 수 있다. 하루 8시간씩 주 5일 근무, 석 달 정도 일하면 그 돈을 갚을 수 있다. 눈코 뜰 새 없이 바쁜 식당일에 비하면 딱히 힘든 일은 아니었지만 처음 한 달간은 밤낮이 바뀌어

몽롱한 상태로 보냈다. 아침에 집에 돌아와 오후 두세 시까지 잠을 자고 일어나 밀린 집안일에 아이들 먹을 것을 챙겨놓고 나면 어느새 밤이 어둑해진다. 편의점이 있는 성남까지는 버스로 20분, 지하철로 40분이 걸렸으므로 적어도 9시 반이면 집을 나서야 했다.

편의점에 도착해 유니폼으로 갈아입고 날짜가 지난 도시락이나 삼각김밥, 우유나 빵 같은 것을 골라 폐기 처리한 다음 냉장창고 뒤쪽으로 들어가 맥주와 음료수를 채워 넣는다. 과자는 종류가 너무 많아, "오징어 땅콩 3개, 새우깡 4개, 짱구 2개…." 중얼중얼 외우며 가지러 갔다가도 양파링이나 포테이토 칩을 들고 나오기도 했다. 짧은 거리이긴 하지만 수도 없이 창고에 드나들며 빠진 물건들을 채워 넣다 보면 어느새 종아리가 뻐근해져 왔다. 잠시 앉아 한숨 돌리고 나면 야간 물류 트럭이 도착한다. 낮에는 식료품 위주로 들어오지만 밤에는 소주와 막걸리, 캔맥주와 생수 묶음, 과자와 라면박스가 주로 들어온다. 이름도 다양한 담배들을 바코드 스캐너로 찍어 종류별로 분류해 두고 햇반이나 참치 캔같이 가벼운 것 순으로 자리를 찾아 넣고 나면 무거운 것들만 남는다. 처음 일을 시작할 땐 무조건 번쩍번쩍 들어다 날랐지만, 며칠 일하고 나자 어깨와 손목이 욱신거렸다. 이런 일에도 요령이 필요했다. 사다리를 타고 올라가 수납장에 컵라면을 정리하는 일은 여전히 힘들다. 한 손으로 상자를 붙잡고 다른 한 손으로는 라면을 하나씩 꺼내 빈자리에다 탑을 쌓아 올려야 하기 때문이다. 자칫하다간 우르르 쏟아져 내릴까 봐 다리가 후들후들 떨렸다.

물건 정리가 끝나고 나면 새벽 2시가 조금 넘는다. 저녁을 대충 때우고 나오거나 거를 때도 있어 그 시간쯤이면 배가 고프다. 가끔은 운 좋게, 매장에서 제일 잘 나가는 '혜자로운 도시락' 세트가 폐기로 나오기도 하지만 대부분은 참치마요 삼각김밥이나 2800원짜리 햄버거를 먹게 될 때가 많다. 오늘은 날짜가 지난 닭강정 김밥을 전자렌지에 30초간 돌리고 따뜻한 아메리카노 한 잔을 뽑았다. 새벽엔 손님이 거의 없어 이때부터 서너 시간은 편히 쉴 수 있다. 김밥을 우걱우걱 씹으며 편의점 창밖을 내다봤다. 8월에 시작한 일이 어느새 2개월째에 접어들고 있다. 뻑뻑한 닭강정이 가슴 쪽 어딘가에 걸려 내려가지 않아 남은 김밥은 껍질째 뭉쳐 쓰레기통에 처박아 버렸다.

　새벽 3시쯤, 20대 초반 정도로 보이는 여자가 편의점으로 찾아와 바코드가 없는 영수증 하나를 내밀었다. 10월 3일에 현금으로 7400원어치의 물건을 샀는데 그걸 카드로 다시 계산하고 현금으로 돌려받고 싶다고 했다. 편의점에서 일한 지 겨우 두 달, 아직은 그런 고난도의 문제를 해결하지 못한다. 이 새벽에 언니를 깨워 전화로 물어보기도 뭐해서 조심스럽게 양해를 구했다.

　"제가 일을 시작한 지 얼마 되지 않아서요. 사장님 계실 때 오시면…."

　하지만 여자는 내 알 바 아니라는 표정으로 돈을 돌려받겠다며 버티고 서있었다. 할 수 없이, 영수증 업무로 들어가 10월 3일에 계산한 것을 겨우 찾아내 반품을 하고 영수증에 적혀있는 과자와 음료수를 가져와 다시 찍었다. 그러자 이번엔, 동전 6개를 계산대 위에 올려놓더니 8천 원으로 달라고 했다. 원하는 대로 해주지 않으면 도저히 나갈 것 같지 않아 천 원짜리 8장을 내어줬다. 고맙다는 인사 한마디 없이 여자가 편의점 문을 열고 사라진 뒤 크게 한숨을 한 번 내 쉬고 로또에게 줄 참치캔 하나를 챙겨 밖으로 나왔다. 화단 앞에 쪼그려 앉아 "로또야." 하고 이름을 부르자 성긴 나뭇가지 사이로 바스락거리는 소리가 들리더니 작은 회색 털뭉치가 나타났다. 진공청소기 속에 뭉쳐있다 끄집어낸 먼지 덩어리 같은 작은 몸뚱이를 무릎 위에 올려놓고 딱딱하게 말라붙은 눈곱을 떼어내며 말했다.

"나이도 어린 게 싸가지 없이!"

간혹 새벽에 진상손님이 다녀가고 나면 속상한 마음을 이렇게라도 털어놓았다. 그럴 때마다 로또는 나에게 해줄 수 있는 게 겨우 이런 것밖에 없어 미안하다는 듯 까끌까끌한 혓바닥으로 내 손등을 정성스럽게 핥아주었다. '개도 그럴 만한 사정이 있었겠지. 불행한 사람은 좀 까칠해. 친절을 받아 본 사람이 친절을 베풀 수 있는 거거든. 그러니 잊어버려.'

수박씨처럼 까만 로또의 눈이 이렇게 말해주는 듯했다.

로또를 처음 만난 곳은 내가 일하는 편의점 앞이었다.

플라스틱과 캔을 분리해 재활용 쓰레기장에 버리러 가는 길에, 편의점 앞 화단에 웅크려 있는 작은 털 뭉치 하나가 눈에 들어왔다. 회색 노루궁뎅이버섯처럼 보이는, 눈곱이 피딱지처럼 말라붙은 새끼 고양이였다. 바들바들 떨며 앉아 있는 모습이 불쌍해 폐기하려고 빼놓은 소시지 하나를 분홍색 코앞으로 디밀어 주었더니 킁킁 냄새를 맡다 정신없이 입을 벌리고 달려들었다. 이빨도 제대로 나지 않은 작은 호치키스 같은 입으로 제대로 씹지도 못하고 꿀떡꿀떡 삼켜버렸다.

"안 뺏어가, 천천히 먹어."

빈 햇반 그릇 하나를 꺼내 생수를 담아 곁에 놔주자 목이 말랐는지 한참을 찹찹찹찹 맛있게 물을 마셨다. 그러더니 까맣고 지저분한 발에 침을 발라 잔망스럽게 얼굴을 문질러댔다. 조심스럽게 머리를 쓰다듬는 내 손을 작고 껄끄러운 혀로 싹싹 핥으며 엄마 품처럼 파고들었다. 그날 이후로, 새끼 길고양이는 편의점 앞 화단에 자리를 잡았다. 내가 근무하는 시간이 되면 문밖에 앉아 편의점 안을 들여다보기도 하고 가끔은 유리문을 발로 싹싹 긁으며 아는 체를 했다. 나는 그 새끼 길고양이에게 '로또'라는 이름을 붙여주었다. 왠지 그 이름이 우리 둘 모두에게 행운을 가져다줄 것 같았다.

"언니, 혹시 로또 못 봤어?"

"뭔 소리야. 어디다 복권 떨어트렸어?"

"아니, 복권 말고. 여기 화단에 앉아 있던 새끼 고양이, 걔 이름이 로또라고."

"길에 돌아다니는 애가 어디 한둘이냐."

"흰색이랑 회색이 섞인 앤데, 엄청 예쁘게 생겨서 다른 애들이랑은 달라."

"저기 아파트 앞에, 길고양이 먹이 주지 말라고 써 붙여 놓은 거 못 봤냐. 괜히 정 주지 말어. 여기 손님들 싫어해."

"지랄들 하네. 길고양이가 뭐, 자기들한테 해코지한 거 있어?"

"드럽잖아. 병균 옮기니까 너도 만지지 말어!"

어느덧 가을이 깊어져 새벽엔 초겨울 날씨라 마음이 쓰였다. 낮에는 사람들 눈에 잘 띄지 않는 곳에 숨어있는지 언니는 로또를 본 적이 없다고 했다. 하지만 내가 출근하는 시간이면 슬그머니 어디선가 나타나곤 했는데 요 며칠 로또가 보이지 않았다. 길에서 사는 고양이들은 수명이 길어야 3년을 넘기기 힘들다. 겨울이 되면 추위를 피해 아파트 지하 보일러실에 숨기도 하지만 사람들이 민원을 넣어 그곳도 문을 걸어 잠근다고 했다. 자동차 밑에 숨어있다 깔려 죽고 먹을 게 없어 굶어 죽고 혹한에 얼어 죽고… 그렇게 수많은 고양이가 겨울을 넘기지 못하고 죽어 나간다.

배 속에서부터 곯아 그런지 로또는 비루먹은 강아지처럼 비쩍 말라 좀처럼 살이 붙지 않았다. 염분이 많은 소시지나 참치캔 대신 집에서 가져온 사료를 화단 안쪽에 넣어두었지만, 장이 부실해 그런지 고스란히 토해놓을 때가 많았다. 그런 로또가 덩치 큰 길고양이들에게 공격을 당한 건 아닌지, 차에 치이거나 병이 들어 어디 널브러져 있으면 어쩌나 여간 신경이 쓰이는 게 아니었다.

다행히 로또는 별 탈 없이 다시 나타났다. 아니, 나타났다고 했다.

'얘가 걔냐?' 언니가 카톡으로 사진 하나를 찍어 보냈는데 딱 보니 로또였다. '맞아! 어떻게 된 거야?' 반가운 마음에 사진을 확대해 어디 다친 데라도 없는지 여기저기 살펴보고 있는데 언니에게서 전화가 왔다. 눈이 침침해 문자 쓰기도 힘들다면서, 그간의 사정을 들려주었다. 편의점에 드나들던 초등학생 하나가 그 근처에 어슬렁거리며 돌아다니는 로또를 발견하고 집으로 데려갔던 모양이라고 했다. 그런데 하필이면 그 집 할머니가 길고양이에게 밥을 주지 말라며 써 붙였던 장본인. 울고불고 매달리는 손녀에게 당장 내다 버리라고 난리를 쳤지만 말을 듣지 않자 아이 아빠가 동네 애완동물 숍에서 강아지 하나를 분양받아 주기로 했다는 거다. 고양이를 키우지 못하게 된 아이가 편의점 앞 벤치에 앉아 로또를 껴안고 울고 있는 모습을 보게 된 언니가 그 사연을 물어 나에게 전달해 준 거였다.

출근하자마자 화단 쪽부터 살펴보니 비 맞은 낙엽처럼 풀이 죽은 로또가 거기 얌전히 앉아 있었다. 데려간 여자애가 목욕도 시켰는지 검회색빛 털이 뽀얘져 있었다. 로또가 나를 보자 가르랑거리며 힘없이 다가왔다.

"괜찮아, 마귀 할망구 집에서 잘 탈출했어."

로또를 쓰다듬어 주며 말은 그렇게 했지만, 하루가 다르게 추워지는 날씨 때문에 걱정이었다. 그렇다고 로또를 우리 집으로 데려가는 것도 쉽게 결정할 수 있는 문제는 아니었다. 언니에게 빚을 지게 된 것도 박카스 병원비 때문이었다. 장이 꼬여 응급수술을 하는 바람에 당장 500만 원이 필요했다. 여유 없는 삶에서 제일 두려운 것이 예기치 않은 지

출이다. 빠듯한 생활비에 애들 학원비까지 내고 나면 통장
은 늘 마이너스, 카드 대출도 이미 받아 썼고 연체기록 때문
에 더 이상 돈을 빌릴 데도 없었다. 박카스 말고도 아이들이
어릴 때 길에서 안고 들어온 고양이 '츄파'와 '춥스'까지,
집에는 이미 세 마리의 개 고양이가 살고 있다. 사룟값을 대
는 것만도 힘에 부치는 상황에서 로또까지 데려다 키울 엄
두가 나지 않았다.

그렇게 마음을 정하지 못하고 12월을 맞았다.

첫눈이 내렸고 다행히 로또는 별 탈 없이 편의점 앞을 오
가며 잘 버텨내고 있었다. 밖에 내놓으면 얼마 지나지 않아
땡땡 얼어버리는 물을 수시로 미지근한 물로 갈아주고 플라
스틱 배송 상자를 쌓아놓는 곳 한쪽에다 종이상자를 테이프
로 붙여 만든 집에 무릎담요 두 장을 깔아주었다. '그래, 겨
울만 잘 넘기면 괜찮아질 거야. 힘내자, 로또!' 추운 날씨 때
문인지 로또는 그곳을 좋아했다. 퇴근할 땐 핫팩 하나씩을
넣어주면 새끼 품은 암탉처럼 그 위에 배를 깔고 누워 골골
소리를 냈다.

그런데 하루는 출근해 보니, 상자가 온데간데없어져 버렸다. 마귀할멈이 한 짓이 분명했지만 내 눈으로 직접 보지 못했으니 따져 물을 수도 없는 노릇이었다. 쥐약을 넣은 빵을 여기저기 놓아두기도 한다는 소문을 듣긴 했지만, 설마 그렇게까지 할까 싶던 마음마저 싹 사라져버렸다.

'편의점에서 키우는 고양이입니다. 상자 치우지 마세요. CCTV 녹화 중!'

다시 상자를 잘라 집을 만들고 흰 종이에다 빨간 매직으로 글을 써 벽에다 붙여두었다.

아침에 교대하러 나온 언니가 그걸 보더니 쯧쯧 혀를 차며 들어왔다.

"야, 누가 보면 여기 편의점 주인이 넌 줄 알겠다."

"그래서, 저거 떼라고?"

"그깟 길고양이 하나 가지고 뭘 저렇게까지 유난을 떠냐이거지."

"그깟? 사람이나 동물이나 목숨은 다 똑같이 귀한 거야."

"삼겹살만 보면 환장하는 니가 할 말은 아니지 싶다."

"돼지랑 고양이가 같아? 같냐고!"

"야, 니가 지금…!"

빌린 돈 때문에 편의점 아르바이트나 하고 있는 주제에 뭐 지랄이냐는 말을 하고 싶었는지도 모른다. 내가 이혼한다고 했을 때도 언니는, '지 팔자 지가 꼬는 년'이라고 화를 냈다. 세상 여자들 다 참고 사는데 넌 뭐가 잘나서 유난을 떠냐, 집에 앉아 갖다 주는 돈 딱딱 받아먹고 살던 년이 어디 가서 뭘 해서 돈 벌어먹고 살 거냐, 남자가 바깥일 하다 보면 술 마시고 실수도 할 수 있는 거지, 그런 일로 헤어질 거 같으면 대한민국에 이혼 안 할 여자가 몇이나 있겠냐고 가슴을 팡팡 쳤다. 그 이후로, 삼 년이나 연락을 끊고 지내다 박카스 병원비 때문에 어쩔 수 없이 화해 아닌 화해를 한 셈이다.

뭐 어쨌거나, 석 달 동안 꼬박 일해 빌린 돈도 다 갚았고 지난달에 일하고 받은 돈으로 카드값 연체된 것도 해결했다. 그러니 '로또 하나쯤은' 하는 마음이 들었고 결국 편의점 아르바이트를 그만두는 날 로또를 집으로 데려왔다.

박카스는 로또를 보자마자 커다란 엉덩이와 꼬리를 정신없이 흔들어대며 반겨주었고 한동안 하악질을 해대며 경계를 하던 츄파, 춥스도 곁을 파고드는 동족을 못 이기는 척 받아주었다. 무슨 고양이를 또 데려왔냐며 한소리 하던 딸내

미도 학원을 마치고 집에 들어오면 로또부터 껴안고 얼굴을 부벼댔다. 그렇게 로또는 '내 새끼'가 되었다.

몇 달 동안 탈 없이 잘 지내던 로또가 요 며칠 사료를 입에도 대지 않고 침대 밑에만 처박혀 있었다. 코가 바짝 말라 죽은 듯 웅크려 있는 로또를 결국 동물병원에 데려갔다. 피를 뽑고 엑스레이를 찍고 온갖 검사를 하는 동안 나는 핸드폰으로 내 통장에 들어있는 잔액을 확인했다. 의사 말로는 급성 췌장염인 것 같다며, 입원을 시켜 하루 정도 지켜보자고 했다. 병원비 걱정이 되긴 했지만 힘없이 축 늘어져 있는 아이를 그냥 데리고 나올 수는 없는 상황이었다. 이번 달에 현금 서비스를 받아 쓴 게 있어 신경이 쓰였다.

간호사에게 카드를 건네고 계산대 앞에 서서 기다리는 동안 얼굴에 파스를 붙여 놓은 것처럼 화끈거렸다. 아직 한도 초과까진 아니겠지만 혹시라도….

다행히 간호사는 내게 카드와 영수증을 함께 내밀었다. 14만 7천 원. 도대체 뭐가 이렇게 비싼 거냐고 따져 묻지도 못한 채 병원을 돌아 나왔다. 문제는 내일 로또를 퇴원시킬 때 또다시 내야 할 병원비였다.

집에 오는 길에 동네 빵집에 들러 미니 햄버거를 샀다. 두 번 구워 더 쫄깃하다는 베이글이 가격은 저렴했지만 온종일 아무것도 먹지 않아 허기가 졌다. 식탁에 앉아 말간 플라스틱 뚜껑을 벗겨내고 햄버거 하나를 꺼내 허겁지겁 먹고 있는데 어금니 쪽에서 뭔가가 지근 씹혔다. 뭉개진 빵과 고기 사이를 헤집어 그것을 끄집어낸 다음 손바닥 위에 올려놓고 요리조리 살펴보니 나무젓가락이 쪼개진 것처럼 보이는 이물질이었다. 혀를 굴려 어금니 쪽에 남아있는 까칠한 것을 마저 꺼내 휴지 위에 올려놓았다. 빵 하나도 맘 편히 먹지 못하는 상황에 짜증이 밀려왔다. 벗어놓은 양말을 다시 신었다.

　처음엔 그냥, 빵집에 가져가 보여주고 다음부터 조심하라는 말만 해줄 생각이었다. 휴지에 싼 이물질을 들고 제과점으로 갔다. 조금 전에 사간 미니 햄버거에서 이런 게 나왔다며 휴지를 펼쳐 보여주었다. 빵집 주인은 안경을 올려 이물질을 자세히 들여다보더니, "이게 빵에서 나왔다고요?"라며 고개를 갸우뚱했고 그 모습에 나도 모르게 언성이 높아졌다.

　"그럼 제가 안 나온 걸 나왔다고 하겠어요?"

"아니 이건 본사에서 만들어 오는 제품이라….."

어디서 만든 게 중요한 게 아니라 빵에서 이런 게 나왔다는 것 자체가 문제 아니겠냐고, '소비자 고발'이니 '식품안전처' 같은 단어들을 섞어 두서없이 말을 늘어놓았다. 그러다 난데없이 로또가 불쑥 튀어나와 버렸다. 나조차 예상하지 못한 상황이었다.

"우리 고양이가 이걸 먹고는 토하고 난리가 났어요, 어쩌실 거예요?"

"고양이…가요?"

"네, 고양이요. 뭐 문제 있어요?"

"그게 아니라, 일단 병원에 데려가 보시고 제가 이건 본사에다 전달하겠습니다."

그제야 남자는 죄송하다며 사과를 했다. 이물질 두 조각 중 한 조각을 사장에게 건네고 나머지 한 조각은 휴지에 싸 주머니에 넣은 뒤 빵집을 나왔다. 미니 햄버거에서 나온 이물질이 고양이 뱃속으로 들어가 문제를 일으킬 가능성이 얼마나 될까, 잠시 생각해 보았다. 거의 제로에 가까운 확률이다. 로또 병원비 문제로 머리가 복잡하다 보니 나도 모르게 이런 억지가 튀어나와 버린 모양이다.

얼마 전 뉴스에 젊은 부부가 나와 하소연하던 모습이 떠올랐다. "돈 없는 사람은 비싼 치료비 때문에 병든 아이를 길거리에 버려야 됩니까?" 자식처럼 키우던 개가 아파 수술을 받게 됐는데 돈을 빌려 계속 치료를 받다 보니 빚을 2천만 원이나 떠안게 됐다고, 그래서 결국 안락사를 선택할 수밖에 없었다며 눈물을 흘렸다.

집에 돌아와 2시간쯤 지나자 모르는 번호로 전화가 걸려왔다.

K사 소비자 민원실이라고 했다. 전화를 건 여자는, 제과점으로부터 연락을 받았다며 다시는 이런 일이 없도록 주의하겠다고 정중하게 사과를 했다. 구매하신 금액은 환불 처리해 드리고 제과점 상품권 5만 원을 보내드리겠다며 주소를 알려달라고 했다.

"지금 제가 그깟 상품권이나 받자고 이러는 거 같아요? 그게 만약 목구멍에 걸렸다고 생각해 보세요. 재수 없으면 죽을 수도 있어요!"

여자는 다시 한번 죄송하다는 말을 했고 나는 또다시 로또 이야기를 꺼냈다.

"우리 고양이가 죽기라도 하면 그쪽이 책임지실 건가요?"

"아, 그 얘기도 전달받긴 했는데…."

순간, 그 여자가 살짝 비웃었다는 느낌이 들었다. 머릿속 핏줄이 팽팽하게 곤두섰다.

"사람 먹는 음식에서 그런 게 나오면 안 되는 거잖아요! 내 말이 틀렸어요?"

"물론이죠, 고객님. 그렇긴 한데… 예전에도 한번, 이와 비슷한 이물질이 나왔다고 연락 주신 분이 계셨거든요. 그래서 검사해 보니 토마토 안에 있는 하얀 심지 있잖아요? 그거더라고요. 잘 도려낸 뒤 조리해야 하는 게 맞는 건데 정말 죄송합니다."

"그러니까 지금 그쪽 말은, 그게 토마토 심지다?"

"꼭지 밑에 딱딱한 부분, 아마도 거기서…."

"이보세요. 손으로 만져만 봐도 뾰족한 나무라는 게 느껴지는데 지금 장난해요!"

내 목소리가 높아지자, 그녀는 거듭 죄송하다는 말로 사과를 했다. 그리고 고양이가 아픈 것에 대해 혹시 이물질과 연관이 있다는 병원 진단서를 보내줄 수 있냐고 물었다. 로또는 급성 췌장염으로 입원한 거였으므로 당연히 불가능한 요구였다. 하지만 여기서 물러설 수 없었다. 진단서를 보낼 연락처를 알려달라고 했다. 다만 얼마라도 보상금을 받아 로또 병원비에 보태고 싶었다.

다음 날, 신용카드 한도 잔액을 확인한 뒤 동물병원으로 갔다. 다행히 로또는 상태가 조금 나아진 듯 보였다. 이삼일 쯤 더 입원해 있으면 좋겠지만 보호자가 원하면 퇴원시키겠다고 했다. 의사의 말을 듣는 둥 마는 둥, 내 머릿속엔 로또의 진단서를 어떻게 받아내야 하나, 온통 그 생각뿐이었다.

"근데요 선생님, 로또가 펫 보험에 들어있어서 진단서를…."

췌장염이라는 병명은 구태여 적지 않아도 된다고 빠르게 말했다. 의사는 살짝 갸우뚱하더니 그런 거라면 병명이 들어가야 하는 게 맞지 않느냐고 물었다.

"사실은, 여기 오기 전부터 심하게 토했거든요. 뭘 잘못 먹은 거 같은데…."

그러니까 그냥 장염이라고만 써주면 된다고, 그렇게 해주셨으면 좋겠다고 말했다. 의사는 잠시 생각해 보더니 알았다며, '상세 불명의 소화장애'라는 진단명을 기재해 주었다. 의사가 손해 볼 것도 없는 일이었다.

벌겋게 달아오른 얼굴을 두 손으로 감싸고 대기실에 앉아 있는데 간호사가 로또를 안고 나왔다. 혹시라도 아이 상태가 다시 나빠지면 병원에 바로 데려오라고 했다. 겨우 하루, 병원에서 재우고 수액 좀 맞힌 것뿐인데 또다시 치료비가 12만 원이 넘게 나왔다. 3개월 할부로 병원비를 계산하고 영수증을 챙겼다. 어제 치료비까지 합하면 30만 원 돈이었다. 이번 달은 생활비가 모자라 현금 서비스까지 받았는데 예상치 못한 돈이 지출된 상황이었다.

집에 돌아와 동물병원에서 받아온 진단서 사진을 찍어 보내자 잠시 뒤 문자가 왔다. 진단서를 검토해 본 다음 내일쯤 다시 연락을 주겠다고 했다.

다음 날 오전, K사에서 전화가 걸려왔다. 보내준 진단서를 살펴보았으나 빵에서 나온 이물질로 인한 질병이라고 보기에는 애매한 부분이 있다고, 엑스레이상에 뭔가가 발견되었다면 모를까 병원비 전액을 보상하기는 힘들 것 같다고 했다. 돈을 호락호락 내놓지 않을 거라 예상은 했지만 여기서 인정하고 끝낼 거면 시작하지도 않았다.

"멀쩡하던 애가 입원까지 했는데, 그게 빵에서 나온 이물질 때문이 아니란 건 증명할 수 있어요? 아, 됐고! 그냥 소비자 보호센터 쪽에다 연락하겠습니다. 아니다. 인터넷 게시판에 올려 저와 같은 피해자가 더 없는지 알아봐야겠네요!"

팽팽한 신경전이 오갔다. 내가 생각해도 무식한 억지였다. 하지만 말도 안 되는 비싼 치료비 때문에 편의점 야간 아르바이트까지 해가며 빚을 갚아야 했던 억울함을 어디에서든 보상받고 싶었다.

오후 4시 무렵, K사에서 다시 전화가 걸려왔다. 전액은 힘들고 치료비의 절반을 보상하겠다고 했다. 5천 원짜리 미니 햄버거를 사서 15만 원을 돌려받게 된 셈이고 이만하면 선방한 게 맞다. 하지만 나는 그 제안을 받아들일 수 없다고 했다. 치료비 전액과 정신적 피해 보상금까지 더해 100만 원을 입금하라고 요구했다.

전화를 걸어온 그 여자는 내 말에 잠시 침묵을 지켰다. 뭐 이런 미친년이 다 있냐고 속으로 욕할지도 모르지만 내 알 바 아니다. K사는 빵 반죽 기계에 사람이 끼어 죽어 나갔는데도 한쪽에서 계속 기계를 돌리고 빵을 만들었다는 회사다. 자기들 이익을 위해선 돈 없고 힘없는 사람 목숨 따위 개고양이만큼도 여기지 않는 놈들이다. 그러니 더 받아내도 된다. 더 받아내야겠다. 반드시 더 받아내고 말 것이다! 어차피 이판사판 아사리판이었다.

그 여자는 의논해 보고 연락하겠다며 전화를 끊었다.

로또는 병원에서 퇴원한 뒤로 계속 힘이 없어 보였다. 츄르에 약을 개어 먹이려 해도 몇 번 코만 실룩거리다 침대 밑으로 다시 기어들어 갔다. 사람이나 동물이나 제 몸이 아프면 만사가 다 귀찮은 모양이다. 하루쯤 더 입원을 시킬 걸 그랬나, 후회도 됐지만 그 일을 겪고 나서는 병원에 아이를 맡기는 게 겁이 났다. 결국은 돈 때문이었다.

아들이 친구 집에서 키우던 박카스를 데리고 들어온 건 2년 전이다. 족보 있는 개라며 비싸게 주고 분양해 왔다는 골든리트리버를 아들의 친구는 자랑스러워했다. 개를 데리고 놀러왔을 때도 수돗물은 안 된다며 그릇에다 생수를 부어줬다. 외동으로 자라 박카스를 동생처럼 아끼고 예뻐했지만 계속 키울 수 없는 상황이 생겨버렸다. 유방암 진단을 받은 엄마가 항암을 하며 비위가 약해진 탓에 개 냄새를 도저히

참을 수 없어 했고 그런 엄마 때문에 우리 아들에게 잠시 맡아 달라고 부탁한 거였다. 엄마가 나아지면 꼬옥 다시 데려가겠다고 하더니 작년부터 여자친구에게 빠져 개 따위는 잊은 것 같다고 아들이 말했다.

멍청하게 축 늘어진 눈에 헤 벌어진 입에서는 침이 뚝뚝 떨어졌지만 나갔다 들어오면 현관에서부터 미친 듯이 엉덩이를 흔들어대며 반겨주는 박카스는 미워할 수 없는 존재였다. 그렇게 정 주고 마음 주고 키우던 박카스가 하루는, 저녁 산책을 다녀온 뒤 이상한 괴성을 지르며 토하기 시작했다. 배가 빵빵하게 부풀어 오르더니 숨 쉬기조차 힘들어 보였다. 그대로 놔뒀다간 당장 죽을 것 같아 택시를 불러 박카스를 24시간 응급실이 있는 동물병원에 데려갔다.

장이 꼬여 장폐색이 왔다고 했다. 밥을 먹고 갑자기 심하게 뛰거나 하면 이런 경우가 종종 있다고, 이대로 놔두면 장벽 괴사와 천공이 생길 수 있고 복막염까지 오면 생명이 위험하다고 했다. 그러니까 응급수술을 해야 한다는 말이었다. 그러기 위해선 수술비 300만 원을 선금으로 내야 하는데 그만한 돈이 있을 리 없었다. 거기다 적어도 5일은 입원해 있어야 한다고 했다. 병원 앞에서 한참을 망설이던 나는 애

들 아빠에게 문자를 보냈다. '300만 원만 좀 빌려줘. 급해서 그래. 돈 생기면 갚을게.'

한참이 지나도 답이 오지 않았다. 매달 보내오는 양육비 외에는 10원 한 장 더 내놓지 않는 인간이었다. 박카스는 병원 로비에 누워 힘겹게 숨을 헐떡이고 있었다. 그러면서도 내가 다가가자 꼬리로 바닥을 탁탁 두드려 댔다. 덩치도 산만해서 어디 갖다 묻기도 힘들 텐데….

흑! 눈물이 터져 나왔다.

이틀 뒤, K사에서 연락이 왔다. 예상 밖이었다. 80만 원에 합의를 보자고, 더 이상은 곤란하다고 했다. 그 돈이면 로또 병원비 들어간 것을 제하고도 50만 원을 남기는 셈이다. 어제부터 로또 상태가 다시 안 좋아지고 있어 병원에 데려가 봐야 할 것 같은데 카드는 더 이상 그어 쓸 수 없으니 시간만 끌다 저 돈마저 못 받게 되면 낭패였다.

"알겠습니다. 그렇게 하죠."

앞으로는 두 번 다시 이런 일이 없도록 주의하라는 말도 덧붙였다. 그쪽에서 합의서를 파일로 보내주면 프린트로 뽑아 사인을 한 뒤 사진으로 찍어 보내 달라고 했다. 이 일에 대해 더는 문제 삼지 않겠다는 각서인 셈이다. 아들 방에서 합의서를 뽑아 사인한 다음 사진으로 찍어 보냈다. 오후 2시가 조금 지나자 돈이 입금되었으니 확인해 보라는 문자가 왔다. 처음부터 이러려고 작정한 것은 아니었지만 결과적으로는 K사에서 돈을 받아냈다. 속이고 속아주는 찝찝한 놀이를 끝낸 기분이었다. 통쾌하지도… 기쁘지도 않았다.

다음 날 아침, 눈을 떠보니 아랫도리가 노랗게 젖은 로또가 몸을 뒤로 꺾은 채 숨을 몰아쉬고 있었다. 입가에 비어져 나온 하얀 거품을 닦아내고 로또를 가슴에 안았다. 괴로운 듯 하얗고 작은 발을 버둥대고 있었다. 로또는 목구멍으로 간간이 쇳소리를 뱉어내다 말간 눈으로 내 얼굴을 빤히 쳐다보았다.

"괜찮아, 로또야. 엄마랑 병원 가자."

말은 그렇게 하면서도 로또를 가슴에 안은 채 꼼짝 않고 침대에 앉아 있었다.

로또는 배 속에서부터 많이 곯은 상태로 나온 아이라 병을 이겨낼 힘이 없어. 지금 병원에 데려간다고 해도 잠시 좋아질 뿐, 박카스처럼 수술 한 번으로 끝나지 않아.

그렇게 나 자신을 설득하고 있는 동안 로또는 마지막 숨을 힘겹게 몰아쉬고 있었다.

핏기가 가신 차가운 귀에 대고, "조금만 참아. 이제 곧 편안해질 거야…." 라고 속삭여주자 로또 눈가에 눈물이 맺혔다. 조금씩 굳어지는 몸, 푸른빛이 도는 혓바닥, 하얀 막이 반쯤 덮인 눈을 감지도 뜨지도 못한 채 로또는 맥없이 떠나버렸다.

젖먹이 아가를 재우듯 로또를 가슴에 안고 잠에서 깨어나지 않을 얼굴을 오래도록 쓰다듬었다. 온기와 숨이 모두 사라진 아이는, 마치 작은 인형 같았다.

신발장에서 모종삽을 챙기고 빵집 종이봉투에 로또를 담아 집 앞 화단으로 갔다.

봄이라, 따듯한 봄날에 떠나서 그래도 다행이다.

깊이, 더 깊이 흙을 파내고 땅속에 뻗어있는 잔뿌리들을 걷어냈다. 돌멩이도 남김없이 골라내고 손으로 흙바닥을 평평하게 다졌다. 평소에 좋아하던 분홍색 무릎담요를 깔아준 뒤 거기다 로또를 눕혔다. 미안해서… 미안하다는 말이 나오지 않았다.

우리 집은 1층이라 베란다에서 로또가 누워있는 곳이 보인다.

다져진 차가운 흙 위로 보송한 솜이불처럼 햇살이 내려앉아 있다.

창문을 열고 "로또야…." 작게 이름을 불러보았다. 로또가 집 밖에 있는 걸 모르는 박카스는 여기저기 코를 처박고 킁킁 냄새를 맡으며 돌아다닌다.

"로또 이제 없어. 멀리 갔어. 여기보단 훨씬 좋은 곳."

'여기보다 더 좋은 곳이 어디예요?'

박카스가 고개를 갸우뚱거리더니 입을 헤 벌리고 나를 바라본다.

돈 때문에 소중한 걸 포기하지 않아도 되는, 그런 곳이 아닐까….

시급 이천 원 올려줄 테니 다시 편의점에 나오라는 언니의 카톡과, 도시가스 미납 문자가 와있다. 딸아이 학원비 30만 원과 미납된 공과금을 계좌이체했다. 로또를 팔아 번 돈이었다.

리틀 몬스터

엄마 배 속에 있을 때부터 얌전하던 하늬
는 태어나서도 잘 먹고 잘 싸고 잘 자는 아이였다. 꽃봉오리
같은 조그만 입술에서 엄마, 맘마, 아빠빠라는 말이 앵두 씨
처럼 톡톡 튀어나올 때마다 두 손으로 그것들을 받아 상자
에 담아두고 싶을 지경이었다. 딸 아이 재롱을 보며 발이 공
중에 한 뼘쯤 뜬 상태로 아침에 집을 나서고 점심 무렵엔 아
내에게 전화를 걸어 하늬 목소리를 들려 달라고 했다. 일하
면서도, 고 몰랑몰랑하고 찹쌀떡 같은 귀여운 얼굴이 눈앞
에 어른거려 자꾸 웃음이 났다. 애가 태어나고 난 뒤로는 좋
은 시절도 다 끝났다느니, 밤에 잠을 제대로 자본 적이 없다
느니, 회사에서 퇴근해 집으로 출근하는 기분이라는 직장동

료들의 푸념 섞인 말을 들을 때면 내 행복이 더 배가되는 느낌이었다.

딸아이가 네 살이 되어갈 무렵, 아내에게 콧소리를 내며 졸랐다.

"하늬처럼 예쁜 동생 하나만 더 낳자, 응."

그리고 주말이면 성당에 가서, 나 닮은 아들 하나만 더 낳게 해주신다면 더 바랄 게 없겠다고 소원을 빌었다. 하늬를 키워보니 아이 욕심이 더 생겼다. 자장면 맛있는 집이 짬뽕도 잘하는 것처럼, 아내와 나 사이에 태어난 아이는 무조건 예쁘고 착할 거라 믿었다.

동생이 생긴다는 말에 딸아이는 폴짝폴짝 뛰며 좋아했다. 분홍색 호빵처럼 부풀어 오른 엄마 배에다 귀를 대고 안에서 뭔가가 '꿈틀' 하고 움직일 때마다 꺄! 소리를 지르며 까르르 웃어댔다. 세상에서 제일 사랑스러운 동생이 태어날 거라 믿었으니까. 그런 딸아이와 하율이의 첫 만남을 지금도 똑똑히 기억하고 있다. 귀엽고 앙증맞기는커녕 마치 공포 영화의 한 장면을 보는 것처럼 끔찍한 얼굴… 온몸의 핏줄을 다 터트려 버리겠다는 듯 악을 쓰며 울어대는 괴생명

체를 맞닥트린 표정이었다.

원래 사내애들은 목청이 커서 그런 거라고, 깜깜한 엄마 배 속에 들어앉아 있다가 훤한 세상 속에 나왔으니 낯설어서 그런 거라는 장모님 말을 믿고 싶었다. 하지만 그건 오프닝 게임에 불과했다. 본 경기는 그날 밤부터 시작됐다. 숨이 깔딱깔딱 넘어갈 것처럼 울어 대는 아이를 안고 베란다에서 안방으로 주방에서 거실로 아내는 정신없이 돌아다녔다.

"왜? 어디가 아파? 배고파서 그래? 말 좀 해 봐."

아직은 말을 하지 못한다는 걸 알면서도 아내는 계속해서 하율이에게 질문을 던졌다.

"내가 안아볼게. 당신은 좀 쉬어."

"이러다 죽으면 어떡해, 여보. 숨이 막 넘어갈 거 같아!"

내 눈엔 아내가 먼저 숨이 넘어갈 것처럼 보였다. 하늬 때는 겪어보지 못한 일이라 더 당황스러웠다. 바람을 쐬면 좀 나아질 거라며 꽁꽁 싸맨 하율이를 장모님이 집 밖으로 데려나가자 얼이 빠진 얼굴로 아내는 주저앉았다. 조가비 같은 손으로 귀를 틀어막은 채 화장실을 들락거리던 하늬는 새벽 무렵에야 겨우 잠이 들었다.

이제 와 하느님 탓을 하려는 건 아니지만 그 소원은 들어

주지 않았더라면 좋을 뻔했다. 하율이가 태어나기 전까지만 해도 더없이 평화롭고 행복하던 우리 가족의 일상은 그렇게 끝이 났다. 악몽의 시작이었다.

위로 누나만 셋이던 나는 아들에 대한 로망이 있었다. 목욕탕에서 서로의 등을 밀어주고 운동장을 뛰어다니며 축구 공도 뻥뻥 차고 야구장에 가서 목이 터져라, 함께 소리를 지르는 친구 같은 아버지가 되어주고 싶었다. 하지만 하율이가 태어난 이후로 욕실 바닥에 한 움큼씩 빠져있는 아내의 머리카락을 쓸어내며 그런 로망 따위는 수챗구멍으로 흘려보내 버렸다.

누워있거나 기어 다닐 때는 그나마 나았다. 아들의 질주 본능은 걸음마를 떼면서부터 시작됐다. 눈만 뜨면 '두다다다' 달려나가다 뭔가에 '퍽!' 하고 부딪혀 뒤로 나자빠졌다. 작은 헬멧이라도 사다 씌워놔야 하지 않을까, 고민이 될 지경이었다. 게다가 하율이는 잘 먹지도 않았다. 아기 때부터 젖을 물리면, '이거 왜 이래?' 라는 표정으로 젖꼭지를 날름 밀어냈다. 분유를 타서 젖병을 물리면 똥으로 나오기도 전에 먹은 것을 몽땅 토해냈다. 소고기와 채소를 다져 넣어 정성스럽게 만든 이유식도 소용없었다. 유아용 의자에 앉아 턱받이를 한 채 뽑기 인형의 집게 같은 손으로 앞에 놓인 그릇을 엎어버렸다. 안 먹고도 살아있는 게 용할 정도였다.

아내는 그런 아들이 두 발로 달리기 시작하자 한 숟가락이라도 더 먹이기 위해 밥그릇과 숟가락을 든 채로 함께 뛰었다. 하지만 전설의 골키퍼 레프 야신도 울고 갈 실력으로 하율이의 골대는 굳건했다. 숟가락이 튕겨 나가거나 콧구멍으로 돌진하는 헛발질만 하다 실패했다. 거기다 진짜 문제는 집 밖이었다. 대문을 나서는 순간부터 아들은 경주마처럼 앞만 보고 달려나갔다. 오토바이와 자전거가 다니는 골목에서부터 덤프트럭이 씽씽 달리는 큰길까지 불을 보고 달려드는 부나방처럼 뛰어들었다. 그런 아들을 지켜내기 위해 100m 달리기에서 23초를 기록했다던 아내는 우사인 볼트처럼 뛰어야만 했다.

잠투정은 또 얼마나 심한지, 밤에라도 좀 수월케 자주면 좋으련만 어찌 된 게 잠도 없었다. 아내는 그런 아이 곁에 누워 새벽까지 자장가를 불러주곤 했는데 내 귀에는 그 소리가 구슬픈 주문처럼 들렸다. '잠 좀 자라. 잠 좀 자. 엄마는 지금 졸려 죽을 것 같단다.' 노래를 부르던 아내는 결국, 자

174

신이 먼저 주문에 걸려버리곤 했다. 엄마를 재운 아들은 누에가 실을 뽑듯 온 집 안에 휴지를 풀어 놓았고 냉장고에서 끄집어낸 달걀을 깨트려 부엌 바닥을 난장판으로 만들어 놓았다. 회사에서 일을 마치고 다시 집으로 출근하는 생활이 이어졌고 그 와중에도 아이는 꾸역꾸역 자라났다.

하루는 주일 미사에 다녀온 딸아이가 몹시 흥분하며 들어왔다.

"원수를 사랑해라. 오른뺨을 맞으면 왼뺨도 대줘라. 이게 말이 돼요? 아무리 하느님이라도 동생한테 귀를 물어뜯기면 불구덩이 속에 던져 버릴걸요. 돼지로 만들어 더러운 구정물 속에 처박아 버리거나!"

신부님에게 동생에 대한 고민을 털어놓았더니 이런 어이없는 답변을 하더라며, 원수는 사랑할 수 있어도 동생은 사랑할 수 없다고 했더니 주의 기도를 다섯 번이나 외우라고 했다는 거다. 죄를 뉘우쳐야 할 쪽은 동생인데 왜 자기가 그래야 하는 거냐고 눈물까지 보였다. 그도 그럴 것이 며칠 전 하늬는, 동생에게 뺨을 맞고 귀를 물어뜯겼다.

느긋하게 늦잠을 자고 일어나 'TV 동물농장'을 보며 자장면에 탕수육 세트 같은 걸 시켜 먹기 딱 좋은 주말 아침이었다. 일찍 일어나는 새가 먹이를 잡는다지만 새벽같이 일어난 아들은 먹이 대신 엄마와 아빠, 그리고 누나를 잡았다. 안방 서랍과 주방 싱크대, 그리고 누나 책상까지 죄다 뒤집어엎어 놓고 뭔가를 찾고 있었다. 그 모습에 화가 난 딸아이가 참다 참다 소리를 빽 질렀다.

"내 방에서 당장 나가!"

그러자 이제 겨우 여섯 살인 남자애 입에서 생각지도 못한 말이 툭 튀어나왔다.

"싫은데, 개뇨나!"

새로운 욕이었다. 이번엔 또 어디서 배워온 걸까. 하율이는 스펀지가 물을 빨아들이듯 나쁜 말을 습득해 나갔다. 씩씩거리고 있는 딸아이를 달래던 아내가 내게 속삭이듯 말했다.

"이제 시장도 못 데려가겠어. 정육점 아저씨랑 생선가게 아줌마가 싸움이 났는데 둘 다 말을 어찌나 험하게 하는지, 그걸 하율이가 또 배워왔잖아."

어디 시장뿐이랴. 동네 놀이터에서 중학생 형들에게 배워온 욕도 무시 못 했다. 길을 가다가도 험한 말이 들려오면 하율이는 귀를 쫑긋 세우고 영어 단어를 외우듯 그 말을 반복해서 중얼거렸다. 조금 전에 자기 누나에게 내뱉은 요상한 말은 정육점 아저씨에게 배워온 거라고 아내가 알려줬다.

"어후, 저걸 한 대 쥐어팰 수도 없고 진짜!"

순간, 하율이의 눈에 빨간 불이 반짝 들어왔다. 먹잇감을 발견한 늑대처럼, 순식간에 달려들어 누나 귀에다 이빨을 박아 넣었다. 머리카락을 움켜쥐고 어떻게든 동생을 떼어내려는 하늬의 얼굴에 주먹까지 날리고 있었다. 딸을 구하러 달려온 아빠에게 목덜미를 잡힌 아들은 사냥감을 놓친 늑대처럼 괴성을 지르며 발광했다. 아내가 내 손에서 하율이를 떼어놓자 곧바로 주방으로 달려가 식탁 위에 있던 유리컵을 바닥에 던져 깨버렸다. 그러고도 분을 삭이지 못해 벽에다 머리를 쿵쿵 박았다. 얼마 전부터 시작된 아이의 새로운 습관이었다. 말릴수록 더 심해진다는 것을 알게 된 아내가 식탁 밑에 들어가 있는 리모컨을 찾아 하율이가 좋아하는 만화 비디오를 틀었다. 짱구 목소리가 나오자 언제 그랬냐는 듯 텔레비전 앞으로 달려가 엉덩이를 흔들며 깔깔 웃는 아들을 보며 나도 모르게 욕이 튀어나왔다.

"저새끼 미친 거 아냐?"

"애한테 무슨 그런 말을 해."

"아무리 봐도 정상이 아니잖아. 조금 전까진…!"

"여기 오지 마, 유리 찔려. 하늬도 방에 들어가 있어."

청소기를 돌리고도 휴지에 물을 묻혀 바닥을 꼼꼼하게 닦아낸 뒤 창밖을 멍하게 내다보던 아내가 혼잣말처럼 중얼거렸다.

"봄이 왔는지도 몰랐네…."

아내를 처음 만난 건, 대학교 2학년 때 교내 봉사활동 동아리에서였다.

세례명이 요셉이던 나는 세례명이 마리아인 그녀에게 마음이 끌렸다. 밝고 귀여운 여자였다. 시끄럽게 떠들지 않고도 조용히 사람을 웃기는 재주가 있었다. 친구들은 언제부턴가 우리를 '요셉과 마리아'라고 묶어 불렀고 그렇게 자연스럽게 커플이 됐다.

대학을 졸업하고도 마땅한 직장을 구하지 못해 방황하고 있던 나에게 그녀가 먼저 프러포즈를 했다. 작은 출판사에서 편집 일을 하고 있던 아내는 낙천적인 사람이었다. 노래방에 가면 들국화의 '사노라면'이라는 노래를 즐겨 부르곤 했다.

"사노라면 언젠가는 밝은 날도 오겠지. 흐린 날도 날이 새면 해가 뜨지 않더냐. 새파랗게 젊다는 게 한밑천인데 쩨쩨하게 굴지 말고 가슴을 쫙 펴라. 내일은 해가 뜬다. 내일은 해가 뜬다. 비가 새는 작은방에 새우잠을 잔대도 고운님 함께라면 즐거웁지 않더어냐. 오손도손 속삭이는 밤이 있는 한 쩨쩨하게 굴지 말고 가슴을 쫙 펴라. 내일은 해가 뜬다. 내일은 해가 뜬다아, 오 예!"

노래처럼 우리는 새파랗게 젊다는 밑천 하나만 가지고 결혼을 했다. 비가 새지는 않았지만 싱크대 밑에서 수시로 바퀴벌레가 기어 나오는 오래된 다세대 주택에서 지금의 아파트로 이사 오기까지 힘든 순간도 많았다. 첫아이를 임신했을 땐, 돈도 집도 없는 우리가 아이를 낳아 제대로 키울 수 있을까 겁이 나기도 했지만 요셉과 마리아처럼, 주어진 운명을 감사히 받아들이기로 했다. 다행히 하늬가 태어난 뒤로는 모든 일이 술술 풀렸다. 회사에서 진급도 했고 대출을 받긴 했지만 서울 외곽에 있는 작은 아파트도 마련했다. 세상이 마치, 나를 중심으로 돌아가는 것처럼 느껴졌다.

"조개껍질 묶어 그녀의 목에 걸고 불가에 마주 앉아 밤새 속삭이네. 저 멀리 달그림자 시원한 파도 소리 여름밤은 깊어만 가고 잠은 오질 않네. 랄랄랄 라랄라라 랄랄라 라랄라라…"

아내의 노랫소리가 까마득히 먼 곳에서 들려왔다. 바닷가에서 새까맣게 그을린 얼굴로 딸아이와 조개껍질을 주우며 행복해하던 아내는, 이제 깨어진 유리 조각을 줍고 있다. 두 번째 천사가 흩뿌려놓은 슬픔의 파편 조각들이었다.

"어린이집에라도 보내자, 하율이."

다만 몇 시간이라도 아내를 쉬게 해주고 싶었다. 게다가 일곱 살이면 아이에게도 친구가 필요할 나이다. 걱정스러운 표정으로 "괜찮을까?"라고 아내가 물었다. 물론 괜찮을 리 없다. 아이들은 하율이를 싫어했다. 동네 놀이터에 데려가도 늘상 싸움이 붙었다. 그네에 달려들어 타고 있는 아이를 기어이 끌어내렸고, 미끄럼틀에 올라가서는 주머니에서 모래를 꺼내 밑에 있는 아이들에게 뿌렸다. 화가 나면 욕을 하고 침을 뱉었다. 마치 밀림에서 살다 나온 늑대소년처럼 사람과 어울리는 법을 모르는 아이였다. 그렇다고는 해도 언제까지 집에만 하율이를 가둬둘 수는 없었다.

아파트 단지에서 조금 벗어난 곳에 있는 엔젤 어린이집 원장은, 요즘 부모들이 너무 물러 터져서 아이들이 말을 안 듣는 거라고 했다. 진작 여기다 아이를 맡겼으면 그 고생 안 했을 거라며 아무 걱정 하지 말고 집에 가서 푹 쉬라고 우리를 안심시켰다. 사실, 하율이를 어린이집에 데려온 게 처음은 아니다. 네 살 때도 다섯 살 때도 하율이를 어린이집이나 유치원에 보내보려 했지만 아이가 거부했다. 유치원 원장은 하율이가 분리불안이 있는 것 같다며 한 살 더 먹으면 그때 오라고 돌려 말했지만 미친 듯이 울며 소리를 질러대는 아이를 떠맡고 싶지 않은 눈치였다.

　　나이를 조금 더 먹어서 그런지, 아니면 친구 없이 혼자만 노는 게 심심했던지 다행히 하율이는 호기심 어린 눈빛으로 어린이집 여기저기를 구경하며 돌아다녔다. 10년 이상의 베테랑 교사가 자기 말고도 두 명이나 더 있으니 걱정일랑 넣어두라며 원장은 우리 등을 떠밀었다. 손을 흔들어주고 어린이집을 돌아 나오려는데 뒤에서 하율이의 노랫소리가 들려왔다.

　　"못~생겨따, 못~생겼어. 하마처럼 콧구멍이 벌렁벌렁."

조마조마한 마음으로 긴 하루를 보내고 퇴근길에 아내에게 전화를 걸었다.

"하율이…, 오늘 잘하고 왔어?"

'그럼, 잘하고 왔지. 우리 아들이 얼마나 의젓한지 몰라!' 내가 기대한 대답이었다. 10년 이상의 베테랑 교사와 원장을 믿고 싶었다. 하지만 천하의 박하율이 하루아침에 변할 리 없다. 아내의 목소리만으로도 어떤 하루를 보냈을지 짐작이 가고도 남았다.

"한 시간쯤 지났을까, 집으로 전화가 왔더라고."

팬티에 똥을 묻혔으니 갈아입힐 옷을 가져다 달라고, 그게 시작이었다. 하율이는 색종이를 오리던 가위로 같은 반 여자아이의 머리카락을 싹둑 잘랐고 선생님의 하얀 블라우스에다 빨간 매직 자국을 남겼다. 점심시간에는 곁에 앉은 아이의 국그릇에다 돌멩이를 퐁당 빠트렸고 선생님이 '생각 의자'에 앉히려고 하자 '뭐라 말씀드리기 곤란한 욕'을 했다는 거다. 겨우 하루만의 일이었다. 이 바닥 생활 20년 자존심을 걸고 확 달라진 모습을 보여주겠다던 어린이집 원장도 뾰족한 수가 없었던 모양이다.

"조금만 더 지켜보자. 힘들게 결정한 거잖아."

어린이집에 보낸 지 사흘째 되던 날, 아내에게서 전화가
왔다.

"아무래도 좀 힘들 것 같다 그러시네."

아내의 힘 없는 목소리가 마음에 걸렸다. 이번엔 그래도
기대하는 눈치였는데.

"그래, 다른 데 알아봐도 되니까 너무 걱정하지 마."

"근데 있잖아, 하율이를 병원에 데려가 보는 게 좋겠다
고…."

아내도 나도 고민해 보지 않은 건 아니었다. 이제 몇 개월
뒤면 아이는 학교에 가야 한다. 어린이집처럼 쉽게 그만둬
버릴 수 있는 문제가 아니었다. 더 이상 미룰 수만은 없다.
인터넷으로 적당한 병원을 찾기 위해 검색을 했다. '유별난
아이'라고 쳤다가 '잠시도 가만있지 못하는 아이'라고 쳤다
가 '고칠 수 있는지'라고도 쳤다. 그동안 보고 싶지 않아 막
아둔 두려움의 둑이 툭 무너져 내리자 우리 앞에 수많은 정
보가 쏟아져 나왔다.

"어쩌면 내 탓인지도 몰라."

"병원 가서 검사해 보면 알게 될 거야. 치료받고 고치면
되지."

잠을 이루지 못하는 아내 곁에서 하율이는 세상모르고 곯아떨어져 있다. 놀이터에서 형들에게 침을 뱉었다가 축구공으로 얻어맞아 코피가 터졌다는 말을 퇴근길에 경비원 아저씨에게 전해 들었다. 아내는 내게 그 말을 하지 않았다.

마로니에 공원 맞은편, 골목을 돌아 한참을 헤맨 끝에 벽돌색 건물의 3층에 있는 '하소현 소아 청소년 클리닉'을 찾아냈다. 뻑뻑한 유리문을 밀고 들어가자 대기실에는 동화책들이 꽂힌 책장과 소파가 놓여 있고 장난감이 담긴 커다란 플라스틱 바구니 밑으로 색색깔의 매트가 깔려 있었다. 접수대에 앉아있는 젊은 여자에게, 오늘 2시로 예약된 박하율이라고 말했다.

"아 네, 확인했습니다. 진료 보기 전에 이것부터 작성해오시겠어요?"

여자는 제법 여러 장 되는 종이를 우리에게 내밀었다. 부모가 체크해야 될 항목이 생각보다 많았다. 그동안 하율이는 장난감 통을 엎어놓고 변신 로봇을 갖고 놀다가 동화책을 우르르 뽑아 어질러 놓은 뒤 내 핸드폰을 가져다 게임을하고 있었다.

잠시 뒤 하율이는 젊은 남자 선생님을 따라 작은 방으로 들어갔다. 문에 달린 작은 유리창으로 들여다보니 아이는 자기가 이곳에 온 이유를 알고 있다는 듯 고개를 끄덕이고 있었다. 시각 주의력 검사와 인지능력 검사, 그리고 청각 주의력 검사까지 받고 나자 오후 4시가 훌쩍 넘어버렸다.

하얀 가운 대신 보라색 니트에 검은 면바지 차림의 젊은 의사와 마주 앉았다. 2주 뒤에 정확한 검사 결과가 나와 봐야 알겠지만 하율이는 'ADHD로 판단될 만한 행동 패턴이 보인다'고 했다. 이런 현상은 아이의 전두엽에 문제가 있기 때문인데 뇌에서 제때 신호를 전달받지 못해서라고, 그동안 아이가 보인 행동이 그럴 수밖에 없었던 이유에 관해 설명해 주었다. 아내는 원인이 뭐냐고 물었다. 아직까지 명확한 원인이 밝혀지진 않았으나 유전일 수도 있고 임신 중이나 출산 시에 어떤 영향을 받았을 수도 있다고 했다.

"아직 나이가 어려 약물보다는 가정에서의 행동교정 쪽으로 권해드리긴 하지만 약에 대해서도 몸이 적응하는 시간이 필요하니 조금 일찍 시작하는 것도 나쁘진 않습니다."

"행동교정만으로는 아이를 고칠 수 없나요?"

아내가 다급히 물었다. 심리치료나 놀이치료를 병행하기

도 하지만 약이 가장 효과적이라고, 시력이 나쁜 아이에게 안경을 맞춰주는 것과 별반 다르지 않다고 의사는 대답했다.

아내와 나는 고민 끝에 약물치료를 선택했다. 무엇보다 학교 문제가 컸다.

병원에서 약 처방을 받아온 그날부터 한바탕 소동이 일어났다. 알약을 빻아 요구르트에 타 보기도 하고 빵에다 몰래 끼워 넣기도 했지만 아이는 코를 킁킁거리며 귀신같이 알아챘다. 아내는 하율이가 나아질 수만 있다면 약을 손에 쥐고 아들 몸속에라도 뛰어 들어갈 기세였다. 어르고 달래서 겨우 약을 삼키고 나면 그때부터 조마조마한 얼굴이 되어 아이의 행동을 살폈다. 토할 거 같다, 머리가 아프다며 칭얼거리던 하율이가 며칠 뒤부터는 아예 호떡 반죽처럼 바닥에 눌어붙었다. 아들이 멍한 눈으로 텔레비전 앞에만 누워있는 모습을 계속해서 지켜보던 아내가 결심한 듯 말했다.

"이 약, 내가 먹어볼래."

말릴 새도 없이, 파랗고 하얀 알약들을 꿀떡 삼켜버렸다. 그러고는 한참이나 자기 몸의 변화를 유심히 살피던 아내는 입에 침이 마르고 속이 메슥거린다고 했다. 그건 일시적인 증상이며 몸이 약에 적응하느라 그럴 수 있다고 말했지만 아내는 다음번 진료 때까지 하율이에게 약을 먹이지 않았다.

세 번째 병원을 찾았을 때 의사가 말했다. 시간이 지나면 조금씩 괜찮아질 거라고, 그래도 나아지지 않으면 그때 가서 다른 약으로 바꿔보자고.

약을 바꾸고 한 달이 지났지만 아이는 여전히 방바닥에서 꿈틀거리고 있었다. 예전처럼, 만화를 볼 때 미친 듯이 방바닥을 내려치며 깔깔 웃지 않았다. 화가 난다고 벽에다 장난감이나 유리컵을 집어 던지지도 않았다. 약을 먹기 전과 비교하면 지나치게 얌전해졌다. 욕을 하거나 다짜고짜 누나 등에다 주먹질을 해대지도 않았다. 마치 물을 덜 짜낸 빨래처럼 축 늘어져 자기 손가락을 가지고 놀았다.

"뭔가 몹쓸 짓 같아, 그만 먹이고 싶어."

약이 모든 걸 해결해 주진 않겠지만 그렇다고 예전처럼 대책 없이 고통받는 것보단 낫지 않겠냐고 설득해 보았지만 아내는 고집을 꺾지 않았다.

"내가 어떻게든 좀 더 노력하고 공부해서 다른 방법을 찾아볼게."

약을 끊자, 몸속에서 도파민과 엔도르핀이 마구 샘솟는지 하율이는 미친 듯이 깔깔 웃어대며 방방 뛰어다녔다. 결국, 집은 다시 난장판이 되어버렸다.

"됐다, 그냥 다음에 와라. 애 때문에 정신없다."

하율이가 태어난 뒤로는 본가에 자주 찾아뵙질 못했다. 아버지 생신날엔 누나네 식구들까지 다 함께 모이곤 했는데 한번은 하율이가 숨이 꼴딱 넘어갈 정도로 악을 써대며 울었다. 처음엔 돌아가며 얼러도 보고 할머니가 업어도 봤지만 소용없었다. 낯을 가려 그러는 거야. 목청이 아주 장군감이네. 누나와 매형들이 한마디씩 했다. 하지만 시간이 지나도 울음을 멈추지 않는 하율이 때문에 모두가 불편해 보였다.

어머니 환갑잔치 날에는 음식점 고기 불판에다 손을 갖다 대는 바람에 난리가 났고 또 한번은 손자 손을 잡고 동네 문방구에 갔던 아버지가 식겁한 일도 있었다. 물에 넣으면 몸이 크게 부풀어 오른다는 몰랑몰랑한 공룡장난감을 사주었는데 잠시 한눈을 파는 사이, 하율이가 그걸 젤리처럼 꿀꺽 삼켜버린 모양이었다. 그 바람에 아버지는 응급실까지 손자를 업고 뛰다 발목을 접질러 깁스까지 해야 했다.

상황은 처가에서도 마찬가지였다. 할머니이기 이전에 아내의 엄마였다. 아무리 손자가 예쁘다 해도 자기 딸보다 귀할 리 없다. 거기다 생각 없이 하율이 입에서 툭툭 튀어나오는 말도 문제였다.

"할머니한테 냄새나, 똥냄새 나아."

청국장 끓이느라 그런 거라고 말하면서도 장모님 얼굴이 벌게졌다.

어딜 가나 귀염받는 하늬, 어딜 가나 밉상인 하율이, 우리는 그런 두 아이의 부모였다.

아내는 하율이를 데리고 동네 도서관에 다니기 시작했다.

약으로 그동안 억눌려 있던 아이의 에너지는 로켓을 쏘아 올리고도 남을 정도로 충만해 있었다. 그나마 다행이라면 도서관 밖으로 넓은 공원이 있어 맘껏 뛰어다닐 수 있다는 정도였다. 말하자면 아내는, 도서관이 아니라 도서관 밖 공원으로 아이를 데리고 다녔다. 주말에는 아내가 늦잠을 잘 수 있도록 하율이를 데리고 등산을 갔다. 고삐 풀린 망아지

한 마리를 산에 데리고 갔다 오면 초주검이 되었지만, 주말만이라도 아내를 쉬게 해주고 싶었다.

느지막이 점심을 먹고 나면 가족 모두 도서관으로 갔다. 어린이 열람실은 벽면 하나가 통유리로 되어 있고 유리창은 도서관 옆 공원 쪽을 향해 나 있었다. 그곳을 통해 아내와 아들이 내다보였다. 아이스크림을 사달라고 조르는지 바닥에 드러누워 떼를 쓰던 아들이 뭔가 생각난 듯 열람실 쪽으로 우다다다 달려오더니 손바닥으로 유리창을 탕탕 두드렸다. 돼지코를 만들고 유리에다 혓바닥을 비비며 온갖 우스운 꼴을 만들어 보이는 동생이 부끄러운지 하늬는 책을 들고 창문이 보이지 않는 곳으로 자리를 옮겨 버렸다.

한여름 땡볕 아래서 아들의 꽁무니를 쫓고 있는 아내의 손에 '리틀 몬스터'라는 책이 들려 있었다. 나이 스물에 ADHD 진단을 받은 한 남자에 관한 이야기라고 했다. 아내는 정답이 없는 시험문제를 풀고 있는 사람처럼, 지푸라기라도 잡고 싶은 심정으로 그렇게 하루하루를 아이와 함께 뛰어다니고 있었다.

아내는, 미술치료와 놀이치료를 받는 날을 제외하고는 거의 매일 하율이를 도서관에 데려갔다. 연두색 이파리가 초록으로 짙어지다, 어느새 노랗고 빨갛게 물들고 있었다. 점심을 먹고 회사에 들어가려는데 아내에게서 전화가 왔다.

"하율이가 오늘, 내 손을 잡아끌더니 도서관 안쪽을 기웃거리는 거야. 발을 슬쩍 들여놓았다가 후다닥 뛰어나오고 또다시 들어가고. 한참을 그러더니 어린이 열람실 안에 있는 유리창 쪽으로 가서는 공원 쪽을 내다보며 서있더라고."

멍하니 창밖을 내다보고 있던 하율이가 고개를 돌려 아이들 곁으로 다가갔다고. 다른 친구들을 방해할지 모른다는 생각에 다시 도서관 밖으로 데려나가려던 순간, 하율이가 책 한 권을 뽑아 들더니 자리를 잡고 앉아서 그림책 몇 장을 넘겨보았다고 했다.

"상상이 돼?"

"하율이가 책을 읽었다고?"

"읽진 못 하지, 글을 모르는데. 그냥 그림만 넘겨보는 거 같았어."

"빨리 글자부터 가르쳐 줘야겠다."

"그게 중요한 게 아니라."

뭔가 더 대단한 게 있다는 듯 아내가 깔깔 웃었다.

"그렇게 잠시 앉아있다 나한테 오더니 하율이가 조용히 말하는 거야."

"조용히? 하율이가?"

"그래, 진짜야. 속삭이듯 말했다니까."

"뭐라고 했는데?"

"엄마, 배고파."

아내와 나는 동시에 큰 소리로 웃음을 터트렸다. 아내는 하율이가 얼마나 작은 목소리로 말하는지 잘 들리지도 않았다며, 몇 번이나 흉내를 냈다. 아마도 태어나 가장 작은 소리로 이야기한 게 아닐까 싶다며 깔깔 웃었다. 작은 소리로 말했다는 것도, 도서관에서 얌전하게 앉아 책을 봤다는 것도 나는 믿기지 않았다.

퇴근 시간이 행복하다고 느껴본 게 얼마 만인지 몰랐다. 하율이가 좋아하는 몬스터피자와 하늬가 좋아하는 명랑핫도그도 샀다. 전화를 끊기 전, 아내가 코를 훌쩍이며 말했다.

"미술치료 선생님이 그러시는데 잘못하는 거 열 개보다 잘하는 거 하나를 더 많이 칭찬해 주래. 아이는 그 기억 때문에 점점 더 잘하고 싶어지는 거라고."

그러고 보니 하율이에게 칭찬을 해준 기억이 거의 없었

다. 말썽 피우는 모습을 보이는 게 싫어 사람들이 모이는 곳엔 데려가지 않았다. 자식이라도 다 같은 손가락이 아니었다. 하율이는 나에게 부끄럽고 못난 손가락이었다.

하율이가 초등학교에 입학하자마자 매일이 전쟁 같은 나날이었다. 어딜 가나 눈에 띄었다. 책상을 덜컹덜컹 흔들어 대거나 수업을 방해하는 아이 때문에 힘들다는 선생님의 전화를 아내는 거의 매일 받아야 했다. 학교 수업이 끝나면 친구들과 재잘재잘 떠들며 교문을 나서는 아이들 속에 하율이는 없었다. 어디서 뭘 하다 왔는지 혼자 터덜터덜 신발을 끌며 나타나곤 했다.

저녁 설거지를 마친 뒤 캔맥주 하나씩을 앞에 두고 아내와 식탁에 마주앉았다.

"선생님이 자꾸 병원에 데려가 보라고…."

"말하지 그랬어, 검사 받아본 적 있다고."

"괜히 그런 말 했다가…."

"솔직히 털어놓고 도움을 받는 게 더 나을 수 있어."

"민지 엄마가 그러는데 문제가 있는 애들은 도움 반으로 보내 버린대."

193
리틀 몬스터

"교실에 얌전히 앉아있는 게 하율이한테는 더 힘들지도 몰라."

"그래도 도움 반에 보내는 건 싫어."

지난번 검사에서 하율이의 지능은 경계선 수치였다. 아내의 노력 덕분에 띄엄띄엄 글을 읽고 쓸 수 있게 되었지만 집중력이 떨어지는 데다 산만한 하율이가 수업을 따라가기에는 무리였다.

학교에 가는 날보다 가지 않는 날이 더 많아졌다. 놀아주는 친구도 없고 선생님에게 혼만 나는 학교가 하율이에게는 고역이었을 거다. 그러다 '샤프 사건'이 터졌다. 앞에 앉은 같은 반 남자애가 의자를 발로 차지 말라며 화를 내자 하율이가 그 아이의 등을 샤프로 찔러버렸다고 했다. 선생님의 전화를 받자마자 우리는 학교로 달려갔다.

"아니, 도대체 이게 말이 되냐고요. 샤프로 왜 사람을 찔러!"

"죄송합니다… 다시는 이런 일 없도록 하겠습니다."

몇 번이나 머리를 조아리고 사과를 했지만 여자는 그냥 넘어갈 수 없다는 말을 남기고 상담실 문을 쾅 닫고 나가버렸다. 담임 말로는 이런 일이 처음도 아니라고, 웬만한 건 자기 선에서 해결하곤 했지만 더 이상은 힘들다고 했다. 고개를 숙이고 있는 아내 대신, 아이에 대해 사실대로 털어놓았다. 입학하기 전에 하율이를 병원에 데려갔고, 그때 ADHD 진단을 받았지만 약은 부작용이 심해 계속 먹이진 못했다고.

"아버님, 무슨 말씀인지는 알겠는데요. 요즘은 자기 아이가 피해 보는 건 부모님들이 절대 안 참아요. 사실 하율이 때문에 반을 옮겨달라는 분도 계세요. 도움 반에 보내는 것도 어머니가 반대하시니… 어떻게든 결정을 해주셔야 할 것 같네요."

"무슨 결정을 하라는 건가요?"

아내가 얼굴을 들며 말했다. 약을 먹여서라도 얌전하게 앉아있게 해야 하는 거 아니냐는 뜻이라는 걸 아내도 나도 모르지 않았다.

"계속 이런 식으로 방치하는 건…."

"방치라뇨! 매일 매일을 제가 얼마나 노력하고 있는지 선생님이 아세요?"

40대 중반쯤으로 보이는 그 여자는 미간을 찌푸렸다. 그

건 당신 사정이지, 라는 표정. 더 말해 봐야 담임에게 도움을
받긴 힘들 거라는 생각이 들었다. 아내와 의논해 보겠다는
말을 남기고 우리는 상담실을 빠져나왔다.

그나마 등이니 망정이지 얼굴이나 눈이라도 찔렸으면 어
쩔 뻔했냐고, 다음에 또 이런 일이 생기면 그땐 어떡할 거냐
고 아내에게 화를 냈다.

"그냥 먹이자. 다른 애들도 다 먹인다잖아."

"내가 그동안 얼마나 노력했는데, 그건 아무것도 아냐?"

"그런 말이 아니잖아, 친구도 하나 없이… 하율이 생각은
안 해?"

"우리 편하자고 아침마다 애한테 그 독한 약을 먹여 보
내? 나는 못 해. 예전에 먹여 봤잖아. 애가 늘어져서 아무 의
욕도 없고 밥도 안 먹고!"

"그럼 어떡하자고, 이렇게 계속 놔두자고?"

현관 쪽에서 번호 키 누르는 소리가 들렸다. 이제 막 사춘
기에 접어든 하늬는 집에 들어오면 입을 닫아 버렸다. 그러
다 가끔, 발악하듯 소리를 지르곤 했다.

"저 새끼만 중요해? 엄마 눈에 나는 안 보여?"

하율이를 고쳐 보겠다며 이래저래 고심하는 사이 하늬는 모든 것을 혼자 해내야 했다. 시험에서 100점을 받아와도 하율이가 보고 있어 맘껏 칭찬해 주지 못했다. 아내와 나, 그리고 하늬가 큰소리로 웃어본 기억이 까마득해져 갔다.

아내는 오랜만에 들떠 있었다. 2학년에 올라간 하율이가 같은 반 친구 생일에 초대를 받았다는 거다. 그렇게 좋냐고 묻자 춤이라도 추고 싶은 기분이라고 했다. 이제 친구도 생겼으니 점점 더 좋아질 거라며 더할 수 없이 활짝 웃었다. 하지만 나는 불안했다. 더 높은 곳으로 올라가 떨어질까 봐, 기대가 더 큰 실망으로 바뀌게 될까 봐….

다음 날 아내는, 하율이가 친구 집 앞에서 벨을 누르는 모습을 보고 돌아섰다. 집으로 오는 길에 왠지 마음이 놓이지 않아 다시 가보았다고 했다. 그랬더니 선물까지 사 들고 간 하율이에게 아이들은 문을 열어주지 않았다며, 대문을 발로 차고 있는 하율이의 바지가 노랗게 젖어 있었다는 말을 하며 울었다. 아내 입에서 '사악한 악마새끼들!' 이라는 말이 튀어나왔다.

나는 아이가 학교에 입학한 이후 처음으로 담임 선생님께 먼저 전화를 걸었다. 어떻게 이럴 수 있냐고, 그 아이들을 혼내는 게 맞는 거 아니냐며 따졌다.

"아버님, 낮에 어머니 전화 받고 애들한테 물어봤는데요. 하율이가 오해를 한 거라고, 생일 파티한다는 말에 자기도 가겠다고 먼저… 초대를 받은 게 아니라네요."

아내에게 그 말은 차마 전하지 못했다. 사악한 악마새끼들이라고 욕하고 저주하는 게 가슴이 미어지는 것보다는 나을 것 같아서였다.

그 뒤로 하율이는 학교에서 더 광폭해졌다. 발을 걸어 아이들을 넘어트리고 욕을 퍼부었다. 전화벨 소리만 들려도 아내는 깜짝깜짝 놀랐고 학교에 불려가는 날도 많았다. 어쩔 수 없이 도움 반에 보내는 것에 동의했지만 그곳에서도 하율이는 끊임없이 문제를 일으켰다. 도움 반 선생님께 달려들어 얼굴을 할퀴어 놓았고, 3학년 때는 같은 반 여자아이의 어깨를 무는 바람에 학폭위가 열리기도 했다. 아내를 겨우 설득해 하율이에게 약을 다시 먹이게 되었지만, 눈을 심하게 깜박이고 이상한 소리를 내는 틱 증상이 나타나 결국 그만두었다. 무엇 하나 수월케 넘어가 주지 않는 아이였다. 4학년에 올라간 하율이는 학교에서 소개받은 사회성 프로그램 그룹에 들어가 일주일에 두 번씩 상담을 받기도 했다. 그렇게 하율이는 5학년이 되었고 우리는 점점 더 지쳐갔다.

"꺼지라고, 씨발년아!"

문밖까지 욕하는 소리가 들려왔고 집 안은 엉망으로 어질러져 있었다. 온종일 게임만 하고 있는 하율이를 보다 못해 아내가 컴퓨터 전원을 꺼버렸다고 했다. 악을 써대며 욕을 퍼붓고 있는 아이를 보자 나도 모르게 손이 올라갔다.

"쳐봐, 또 쳐보라고. 씨발!"

아이가 머리를 디밀며 달려들었다.

6학년 때 그 일 이후로 아들은, 내가 자기를 때린 사람이라는 것을 수시로 상기시켰다.

하루는 자기 방 베란다에 불을 피워놓는 바람에 아파트에서 난리가 났다. 창문 밖으로 연기가 새어 나오는 걸 본 이웃의 신고로 119까지 출동했다. 도대체 왜 이런 짓을 했냐고 물으니 모기를 잡으려고 그랬다며 낄낄 웃었다. 그러다 불이라도 났으면 어쩔 뻔했냐고 화를 내자 베란다 바깥 유리창을 발로 차서 깨버렸다. 사람을 불러 유리를 가는 동안, 혹여라도 뾰족한 유리가 아래로 떨어져 누구라도 다치게 될까 봐 아내와 나는 숨도 제대로 못 쉰 채 마음을 졸여야 했다. 다시는 이런 짓 하지 말라고, 누가 다치기라도 하면 어떡할 거냐고 화를 내자 하율이가 소리쳤다.

"씨발, 죽든 말든 나랑 무슨 상관인데!"

그날 나는 처음으로 하율이를 때렸다. 침대에 아이를 던져놓고 뺨을 갈겼다. 너 때문에 우리가 얼마나 고통을 받고 살았는데 그딴 소리가 입에서 나오냐고, 목을 움켜쥐었다. 만약 아내가 울면서 말리지 않았더라면 내가 무슨 짓을 했을지 모른다.

중학교에 들어가고 얼마 지나지 않아 아들이 손목을 그었다. 학교에서 늘 왕따를 당하긴 했지만 집단으로 폭행을 당한 건 처음 있는 일이었다. 교복이 흙투성이가 되어 들어온 그 날, 방에서 커터 칼로 자기 손목을 그었다. 다행히 깊이 베이진 않았지만 아내는 하율이를 더 이상 학교에 보내고 싶지 않다며, 대안학교를 알아보자고 했다.

"모르겠다, 나는. 그런다고 달라질 것 같지도 않고."

"그럼 이대로 포기해? 애가 저렇게 힘들어하는데 보고만 있자고?"

"저만 힘들어? 나도 죽을 거 같다고!"

"목소리 낮춰, 하율이 들어."

"그냥 좀 쉽게 갈 수도 있잖아. 눈 좀 깜박이면 어떻고 밥 좀 안 먹으면 어떠냐고. 내가 세상에서 젤 부러운 게 누군지 알아? 그냥 평범한 애 키우는 부모들이야. 아들하고 야구장 갔다 왔다는 소리, 여자 친구 생겨서 용돈 뜯어간다는 소리, 그런 말 하는 인간들이 제일 부럽다고!"

하율이가 태어나기 전만 해도 알지 못했다. 평범한 일상이 얼마나 감사한 일인지를. 어쩌면, 하늬를 키우며 가졌던 오만한 생각 때문에 지금 그 벌을 받고 있는지도 모른다.

아침에 눈을 뜨니 아내는 침대 밑에 쪼그려 앉아 앨범을 들여다보고 있었다. 아이들 어렸을 때 사진을 보고 있으면 웃음이 난다며, 가끔 사진첩을 뒤적이곤 했다. 앞을 보며 브이를 그리고 있거나 활짝 웃으며 포즈를 취해주던 하늬와는 달리, 잠시도 가만있지 못하는 하율이는 초점이 흐리게 찍혀있는 사진이 더 많았다.

"이거, 하율이가 뒤집기 막 시작할 무렵에 찍은 건데…."

사진 속에서 아내는 하율이를 안고 활짝 웃고 있었다. 그 무렵, 잠을 거의 자지 못해 힘들어하자 장모님이 하율이를 잠시 봐 주겠다며 처가로 데려갔을 때였다.

"이날 엄마가, 방문 틈으로 뭘 들여다보고 서 있다가 여기 와보라며 나한테 손짓을 하는 거야. 그래서 살금살금 가봤더니 하율이가 얼굴이 시뻘게져서는, 매트리스 가장자리를 붙잡고 매달려 있더라고. 그 모습이 어찌나 웃기던지."

"떨어지면 어쩌려고, 장모님도 참…."

"생각 안 나? 당신 시켜서 안방에 침대까지 싹 치우게 했잖아. 매트리스 한 장만 남겨두고."

"맞다, 그랬네."

"엄마가 그때 그러는 거야. 하율이는 강한 애라고. 저렇게 꽉 붙들고 버티는 손 좀 보라고. 그러니 아무 걱정 하지 말라고."

그날처럼 우리는, 하율이의 방문을 조심스럽게 열어보았다.

엄마 배 속에 있을 때처럼, 조그맣게 몸을 웅크린 채 정신없이 곯아떨어져 있는 하율이의 손목에는 하얀 붕대가 감겨 있었다. 얼마나 더 오랜 시간 붙잡고 매달려 있어야 할지 모

르는 세상 속에서, 포기하고 손을 놔버리지 않도록, 오늘은
무슨 일이 있어도 하율이와 함께 야구장에 가겠노라 다짐했
다. 장모님이 아내에게 해줬다는 그 말,

하율이는 강한 아이라는…

아무 걱정 하지 않아도 된다는 말을 믿어보기로 했다.

드림 포에버 시티

"이곳은 인공지능과 빅데이터를 활용한 3D 플랫폼과 가상현실을 실현하는 다양한 연구가 이뤄지는 곳입니다. 자율주행으로 차에서의 수면, 여가, 회의 업무 등 다양한 일을 할 수 있도록 움직이는 도시공간이 생겨났습니다. 이로 인해 디지털 전환시대가 도래하였고 리모트워크가 지속적으로 증가함으로써 일상생활과 사회적인 구조에 많은 변화를 가져왔습니다. 이는 도시의 구조와 체계에도 지대한 영향을 미치고 있으며…"

　　동양 최대 규모의 스마트센터로 불리는 드림 포에버 시티 입구에 들어서자 홀로그램 영상으로 안내 방송이 흘러나

오고 있었다. 인공정원이 넓게 펼쳐져 있는 건물 로비에는 수많은 사람이 디지털 트윈으로 업무를 보거나 바쁜 걸음으로 돌아다니고 있었다. 안내 로봇 키오스크에 방문자 이름을 적어넣자 다섯 자리의 코드가 문자로 전송됐다. 승강기를 타고 58층을 누른 다음 전송받은 코드를 입력했다. 한 달 전에 방문 일정을 잡고 원하는 프로그램을 이메일로 보냈다. 1단계에서 4단계까지, 단계별로 체험 내용이 달랐으며 내가 고른 것은 안락사를 선택할 수 있는 4단계였다. 오늘 방문한 목적은, 두뇌 스캐닝을 통해 지난 기억을 저장하기 위해서다. 이 작업을 한 다음, 내가 원하는 시점으로 돌아가 그때부터 새로운 삶을 살게 된다. 이곳에 오기까지 수많은 난관이 있었고 그중에서도 가장 힘들었던 것은, 태주를 설득해야 한다는 거였다.

"씨발! 미쳤어?"

태주는 곁에 있던 두루마리 휴지를 냅다 집어 던지며 소리를 질렀다.

"화부터 내지 말고, 일단 엄마 말을 좀 들어봐."

"듣긴 뭘 들어? 부모라는 인간들이 자식한테 이게 할 짓

이야!"

"엄만 아빠하고 달라."

"다르긴 뭐가 다른데! 누군 뭐, 좋아 죽겠어서 사는 줄 알아?"

"너도 이젠 어른이니까… 엄마도 내 맘대로 한번 살아보고 싶다."

"사는 게 아니라 죽는다며, 엄마 맘대로 죽겠다는 거잖아 지금!"

"태주야, 나도 할 만큼은 했어."

"또 그 소리! 내가 사고치고 힘들게 했던 거, 복수라도 하겠다는 거야?"

"이젠 너도 정신 차렸잖아. 직장도 구했고."

"그런데 왜 이래, 맘 잡고 살아보려는 사람한테 왜 또 이 지랄이냐고!"

"단 한 번만이라도 엄마 좀 이해해 주면 안 되겠냐?"

"이게 이해해 주고 말고 그런 문제야? 그리고 거기 체험비가 얼만지나 알아? 우리한테 그런 큰돈이 어딨냐고!"

"돈 있어. 엄마가 그동안 열심히 일해서…."

"한 푼도 없다며? 내가 그렇게 매달릴 때는 모른 척하더니, 그러고도 당신이 엄마야?"

쉽지 않을 거란 생각은 했지만 고래고래 소리를 지르며 달려드는 아들을 보니 맥이 풀렸다. 한참을 씩씩대던 태주는 주먹으로 벽을 두어 번 내려치더니 집을 나가버렸다.

2044년 3월 20일 자로 회사에 퇴직 신청서를 냈다. 이제 한 달만 더 버티면 그토록 기다리던 드림 포에버 시티에 갈 수 있게 된다. 목표한 금액은 이미 채웠으니 퇴직금은 아들 앞으로 남겨놓았다. 자그마치 10년을 기다려왔다. 이제 더 이상 구차하게 내 삶을 연명하지 않아도 된다. 2044년으로 목표를 정한 건, 일단 그곳에 갈 비용을 모아야 했고 그때쯤이면 두 아이 모두 성인이 되어있을 테니 조금은 홀가분하게 떠날 수 있으리라 생각했다.

누군가에겐 별 대수롭지 않은 금액일 수도 있으나 3천만 원을 모은다는 건 내게 결코 쉬운 일이 아니다. 두 아이 밑으로 들어가는 돈과 각종 공과금에 생활비를 제하고 나면 매달 은행에 저금할 수 있는 돈이라야 고작 30만 원 남짓이었다. 아침부터 밤까지 쉬지 않고 일을 해 돈을 벌었지만 치솟는 물가를 감안하면 동전 하나 허튼 곳에 쓰지 않고 허리띠를 졸라매야 적은 돈이나마 매달 저금할 수 있었다. 남편이 벌어다 주는 돈으로 생활을 하고 쇼핑이나 다닐 수 있는 편한 팔자는 아니지만 그나마 함께 벌 때는 이보다 나았다.

작은애가 중학교에 올라갈 무렵, 대도시 내에서만 운행되던 인공지능 자율주행 버스가 전국적으로 시행되는 바람에 남편은 일자리를 잃었다. 갈 곳을 잃은 사람들을 받아줄 만한 곳도 없었다. 공장이나 서비스업도 대부분 인공지능이나 로봇이 그 자리를 대신하고 있었다. 말하자면 고용절벽의 시대가 온 것이다.

퇴직금으로 받은 돈을 시동생 말만 믿고 지하도시 개발사업에 몽땅 투자하지만 않았더라면 이렇게까지 답답한 인생을 살지 않았을지도 모른다. 이 일만 잘되면 더 이상 고생 안 해도 된다고 들떠있던 남편이 하루는 술이 떡이 되어 들어왔고 다음 날 아침 눈을 떠보니 탁자 위에다 '미안하다'는 짧은 메모를 남겨둔 채 사라져 버렸다. 그리고 얼마 뒤, 인천 앞바다에서 사이다병처럼 둥둥 떠다니다 발견됐다. 그날부터 나는, 콧구멍 하나를 틀어막힌 사람처럼 숨이 잘 쉬어지지 않았다. 장례를 치르는 동안 눈물 한 방울 흘리지 않은 건 어린 자식들과 나만 남겨두고 훌쩍 떠나버린 남편에 대한 내 나름의 복수였다.

도시 근교에 붙어살던 우리는 작은 아파트를 정리해 평택으로 집을 옮겼다. 10년 전까지만 해도 미군기지가 있던 곳이었으나 지금은 부대가 빠져나가 상권마저 죽는 바람에 그나마 저렴하게 다세대 주택 하나를 얻을 수 있었다. 이곳으로 옮겨온 이후, 태주는 조금씩 엇나가기 시작했다. 예전에 살던 곳으로 다시 돌아가자고, 친구도 하나 없는 이런 데서 어떻게 사냐고 악을 써댔다. 거기다 해서 안 될 말까지 서슴없이 내뱉었다.

"이런 그지 같은 동네도, 저 병신하고 같이 사는 것도 지긋지긋하다고!"

그날 처음으로 아들의 뺨을 때렸다. 벌겋게 달아오른 얼굴로 파먹어 버릴 듯 찔러대던 눈빛, 그런 둘 사이에서 자기 머리를 퍽퍽 때리며 엉엉 울어대던 태희… 어쩌면 그때부터 나는 죽음을 준비했는지도 모른다.

어려서부터 친구들에게 놀림을 받아도 씩씩하고 당당하게 누나 손을 붙잡고 다니던 태주가 남편의 자살 이후, 그 모든 책임을 태희에게 뒤집어씌워 버리기로 작정한 듯 잔인하게 굴었다. 누나를 벌레 보듯 징그러워했고 곁에 오는 것조차 허락하지 않았다.

"이렇게 살 바엔 다 같이 죽자, 죽어!"

아들에게 바락바락 소리를 지르다 잠들어 버린 어느 날은 무서운 꿈을 꾸기도 했다. 커다란 드럼통에 나와 아이들을 집어넣고 누군가 그 위로 끈적한 시멘트를 들이부었다. 아이들의 머리 위로 흘러내리는 회색 반죽을 닦아내며 살려달라고 목이 쉬도록 소리를 질러댔다. 하지만 검은 바닷속으로 던져진 우리를 잡아 끌어올려 줄 손길 따위는 어디에도 보이지 않았다.

맏딸 태희는 선천적 뇌병변 장애를 가지고 태어났다. 첫아이를 임신했을 때, 치매를 앓고 있는 시아버지 뒤치다꺼리를 하느라 내 몸을 돌볼 여유가 없었다. 시어머니는 남편이 어렸을 때 집을 나가 따로 살고 있었지만, 가끔 찾아와 며칠씩 눌러앉곤 했다. 그리고 손에 돈이 쥐어져야 자기 집으로 돌아갔다. 그러다 보니 산부인과 검진도 제때 받지 못했다. 아이에게 문제가 있다는 걸 미리 알았더라면… 태희를 낳지 않았을 거다.

무자녀 기혼 가정이 50%를 넘어섰고 아이를 낳는다 하더라도 좀 더 우수한 유전자를 가진 자녀를 원했다. 배 속에 있을 때부터 유전병이나 염색체 이상, 거기다 태아의 지능까지 알 수 있게 되었으므로 조금만 문제가 있어도 출산을 포기했다. 그럼에도 태희처럼, 장애를 가지고 태어난 아이들은 여전히 존재했다. 국가에서 다방면으로 지원을 해주고는 있었지만, 부모가 떠안아야 하는 심리적 고통은 또 다른 문제였다. 무엇보다 성인이 된 이후의 삶이 문제였다. 대책을 마련해 달라는 부모들의 요구가 계속되자 시도별로 장애인 자립 주택을 마련해 입주할 수 있도록 해주었다. 한 부모 가정에다 1급 장애가 있는 태희는 스무 살 이후가 되면 그곳에서 생활할 수 있는 자격을 얻게 된다는 게 그나마 다행이었다.

내가 드림 포에버 시티에 관해 처음 알게 된 것은 지금으로부터 12년 전, 인공 배양육을 생산하는 식품공장에 다니고 있을 때였다. 육식이 지구 환경오염에 미치는 심각한 영향에 대해 고민이 거듭될 즈음, 국내에서 인공육을 배양해

내는 데 성공한 과학자가 노벨 생리학상을 타게 되면서 본격적인 개발 붐이 일었다. 그로 인해 식품공장에 일자리가 갑자기 늘어나는 바람에 운 좋게 취직할 수 있었다.

하루는, 구내식당에 내려와 하얀 가운을 입은 연구소 사람들이 밥을 먹으며 주고받는 말을 들었다. 독일과 기술을 제휴해 국내에 드림 포에버 센터가 만들어진다고 했다. 그곳에서는 머리에 칩을 부착해 기억을 스캔한 다음 자신이 원하는 시공간으로 돌아가 새롭게 삶을 설계해 살아볼 수 있다고, 거기다 가상 체험이 끝나고 나면 수면 상태에서 '죽음'을 선택할 수 있다고도 했다.

처음엔 그 말이 믿기지 않았지만, 그 이후로 도시 곳곳에서 드림 포에버 시티에 대한 뉴스가 쏟아져 나왔다. 그로부터 2년이라는 시간이 지나고 드림센터가 완공되고 나자 그곳에서 가상 체험을 해본 사람들의 얘기가 쏟아져 나왔다. 한마디로 '이제 죽어도 여한이 없다'고 할 정도로 황홀한 경험이었다고 했다.

그동안 많은 나라에서 존엄사에 대한 끊임없는 논의가 있어왔고 고령 인구의 급속한 증가로 인해 목숨만 연장하는 삶이 아닌 웰다잉에 대한 관심이 날로 높아졌다. 생명경시라는 비난과 함께 종교계의 격렬한 반대가 있었으나 선택의 자유가 개인에게 주어져야 한다는 여론이 우세했다. 우리나라에서도 이에 대한 논의가 계속 이어졌고 2034년부터 단계적으로 시행되기 시작했다.

처음엔, 고통이 극심한 불치병 환자에게만 일부 허용되었으나 차츰 영리를 목적으로 하는 관련 기관까지 생겨나고 있었다. 사람 목숨이 파리 목숨만 못하게 되었다며, 죽음을 선택하는 사람이 엄청나게 늘어날 거라 우려했지만 오히려 그 이전보다 자살률이 떨어졌다는 통계가 나왔다. 언제든 죽음을 선택할 수 있는 자유가 주어지자 오히려 죽음에 대한 욕구가 느슨해진 게 아닐까, 라는 분석을 내놓는 전문가도 있었다. 문제는 안락사를 선택한다고 해도 가족의 동의 없이는 불가능했다. 자살과는 다른, 말하자면 충동적인 죽음은 허용할 수 없다는 거였다. 내 경우엔 두 아이의 동의가 있어야 가능한 일이지만 우선은 그곳에 가기 위한 비용을 마련한 다음, 설득하기로 마음먹었다.

내 인생에서 가장 행복했던 시절이 언제였나, 생각해 보았다. 부산에서 딸만 셋인 집안의 막내로 태어나 고등학교를 졸업할 때까지 광안리 바다가 보이는 동네에서 살았다. 학창 시절, 딱히 뭐가 되고 싶다고 생각한 적도 없었고, 공부를 열심히 한 것도 아니었다. 그러다 고등학교 2학년 때 담임이었던 문학 선생님을 만나 문예반 활동을 시작하게 됐고 처음으로 꿈이란 걸 가져봤다. 밤을 꼬박 새워 선생님이 골라준 소설과 시집을 읽던 기억, 내가 쓴 글이 문집으로 엮여 나왔을 때의 감동… 그들처럼 나도 아름다운 글을 쓰는 사람이 되고 싶었다.

"엄마는 그 시절이 참 행복했어, 태희야."

가슴이 답답할 때면, 딸아이에게 가끔 내 속마음을 털어놓곤 했다.

얘기를 들어주던 태희가 눈을 반짝이며 물었다.

"아바는… 어, 언…."

"아빠는 언제 만났냐고?"

스물한 살 여름, 친구들과 동해로 놀러 갔다가 남편을 처음 만났다.

친구 하나가 바다에 들어갔다가 파도에 휩쓸렸고 수영을 할 줄 몰라 다들 발만 동동거리고 서 있는데 그때 마침 근처에서 친구들과 공놀이를 하고 있던 한 남자가 뛰어들어 친

216

구를 구해주었다. 노릇하게 구워진 전기통닭처럼 기름기가 반질거리는 다갈색 피부에 옥수수처럼 가지런한 이를 드러내며 웃는 남자였다. 나보다 4살이 많았던 남편은 그 무렵 직업군인이었다.

"그땐 눈에 뭐가 씌었던지, 영화배우처럼 멋있어 보이더라고."

"후… 후에?"

"후회했지 그럼. 겨우 스물하나, 지금 너보다 어렸을 때니까."

그러다 아이가 생기는 바람에 모든 게 멈춰버렸다. 다니던 학교도 그만두고 꿈도 접었다. 지금 생각하면 철없고 무책임한 선택이었다. 거기다 내가 감당하기 힘든 일들이 결혼 이후 연이어 일어났다. 조카 결혼식을 보러 나섰던 부모님과 언니들이 타고 있던 차가 전기버스와 충돌하는 바람에 불길에 휩싸였다. 엄마와 둘째 언니는 겨우 목숨을 구했지만 근 1년을 병원에만 있다 합병증으로 결국은 둘 다 세상을 떠났다.

그리고 태주가 태어난 지 얼마 되지 않아 남편은 군에서 다리를 크게 다치는 바람에 직장을 잃었다. 개인의 과실로 인한 사고이므로 치료비 외엔 보상을 받지 못한다고 했다. 수술한 다리 때문에 꼬박 2년을 집에만 있던 남편이 직장 상사였던 분의 소개로 버스 회사에 취직하게 되고 태주가 중학교에 들어갈 무렵까진 그 일을 하며 그럭저럭 살았다.

"아빠가 우리 태희, 참 많이 예뻐한 거 알지?"

"아, 아라. 보, 보고 시퍼 아바…."

몸무게가 부쩍 는 태희를 욕조에서 끄집어낼 때, 휠체어에서 침대 위로 옮길 때마다 딸아이를 번쩍 들어 옮겨주던 남편 생각이 났다. 엘리베이터도 없는 다세대 주택에 살며 태희를 업고 계단을 내려가다 발을 헛디뎌 굴러떨어지던 순간, 그냥 이대로 둘 다 죽게 해달라고 빌었다. 다리가 부러져 꼼짝 못 하고 누워있는 나를 태주는 외면했다.

"어마… 우, 우서."

태희는 내가 울 때마다 '엄마, 웃어'라고 했다. 남들처럼 표현하지 못해도 눈치가 빠른 딸아이에게 이런 기억만 남겨주고 떠나는 것 같아 마음이 아렸다.

"네 곁에 오래오래 같이 있어 줘야 하는데 미안하다, 태희야. 근데 엄마도 이젠 지쳤나 봐. 좀 편안하게 쉬고 싶어. 이해해 줄 수 있지?"

"아니, 이해 못 해. 그러니까 절대 꿈도 꾸지 마!"

라고 화낼 수 있는 딸이라면, 장애 없이 태어나 내가 힘들고 지칠 때마다 곁에서 든든하게 힘이 되어 주는 딸이었다면 얼마나 좋았을까. 태희가 부끄러웠던 적은 없지만 원망스러웠던 적은 많았다. 먹이고 입히고 씻기는 일이 갈수록 힘에 부대꼈다.

"엄마가 많이 사랑해. 그리고 미안해."

슬픈 눈으로 날 빤히 쳐다보고 있던 태희가 눈물 대신 말간 침을 흘렸다.

남편이 죽고 난 이후부터 태주의 방황은 길고도 끈덕졌다. 학교에 가는 날보다 밖으로 나도는 날이 더 많았다. 대학보다 전문 기술직을 선호하는 아이들이 늘어나다 보니 중학교 때부터 다양한 분야의 자격증을 따두고 부지런히 실습을 다녔고 그런 아이들에게 그나마 취업의 기회가 주어졌다. 태주는 한 부모 가정 전형으로 미래기술 고등학교에 입학하게 됐지만 질 나쁜 친구들과 어울려 다니며 문제를 일으켰고 힘들게 모아놓은 돈을 합의금으로 털어먹기도 했다.

태주의 열아홉 번째 생일날, 불법으로 개조한 오토바이크를 몰고 나갔다가 크게 사고를 당했다. 무릎뼈가 박살이 났고 종아리 쪽 혈관들이 너덜너덜하게 찢겨나갔다. 뒤꿈치부터 다리 전체에 철심을 박아 뼈를 고정시켜 놓았지만 이식한 혈관에 문제가 생겼다고 했다. 고구마처럼 검붉은 색으로 부풀어 오른 살갗을 보며 이젠 저 다리로 걷지 못하겠구나, 생각했다. 절단 얘기가 나왔을 때 태주는 그냥 죽겠다고 했다. 세 번째 수술 경과가 좋아 다리를 절단하지 않게 되었지만, 남편이 다쳤을 때처럼 한동안 집에만 틀어박혀 있어야 했다.

그나마 다행인 건 사고가 있고 난 이후 태주는 조금씩 달라졌다. 재활 치료를 받는 동안 자격증 시험을 준비하고 1년 더 다니긴 했지만 학교도 무사히 졸업했다. 이런저런 일을 해보다 맘처럼 되지 않자 아는 형 소개로 지금 다니는 회사에 취직했고, 돈을 벌게 된 건 작년부터였다. '어차피 인생 한 방이야!' 라는 말을 입에 달고 살던 아이라 아직은 마음이 놓이지 않았다.

태희가 장애인 자립 주택에 들어가게 되면 그 안에서 보살핌을 받게 될 테니 지금 살고 있는 집은 태주가 결혼하게 되면… 아니, 결혼은 바라지 않는다. 가족을 책임지고 살아낸다는 게 얼마나 힘들고 고단한 일인지 누구보다 잘 알기에 내 아들은 그냥 자유롭게 자기 인생을 살았으면 좋겠다.

'서지은 씨가 원하는 삶을 연도별로 정확하게 기재해 주기 바랍니다.'

드림 포에버 센터에서 '라이프 디자인' 질문지를 보내왔다. 거기에 나는 열여덟 살로 돌아간 다음 예순 살에 삶을 마감하길 원한다고 적어 넣었다. 어쩔 수 없이 살아야 하는 삶이 아닌, 내가 살아보지 못한 인생을 누리다 가고 싶었다. 그 외에도 희망하는 직업에 대한 질문도 있었다. 직업이라고 말하는 게 맞을지 모르지만 내가 원하는 건 돈을 버는 일이 아니다. 그동안 지긋지긋하게 몸을 쓰고 돈을 벌었다. 다시 돌아가 새롭게 시작할 수 있다면 책을 읽고 글을 쓰며 사는 인생을 원했다.

대학을 졸업하면 고등학교 때 짝사랑했던 문학 선생님처럼, 아이들에게 글을 가르치고 서른 즈음에 내 이름으로 된 첫 책을 낸다. 마흔 이후엔, 넓은 세계를 돌아다니며 자유롭게 여행을 하다 쉰이 되면 바닷가 마을에다 파란 지붕에 벽이 하얀 작은 집을 지어 산다. 눈이 순한 개와 어미 잃은 고

양이들을 데려다 키우며 마음 내킬 때 산책을 하고 마당에
는 조그마한 텃밭을 만들어 채소도 가꾼다. 그렇게 살다 예
순이 된 어느 날, 낮잠 자듯 고요하게 미련을 남기지 말고 유
순하게 떠나는 삶을 원한다고 했다.

현실에서는 단지 하루일 뿐이지만 꿈속에서는 일생을 살
아볼 수 있다. 체험이 끝나고 나면, 손에 쥐어진 버튼을 누른
뒤 내 몸속으로 스며드는 약물과 함께 자유를 얻게 된다. 자
살이 삶에 대한 포기라면 안락사는 죽음에 대한 선택이다.
좋은 기억을 간직한 채 행복하게 떠나고 싶다. 눈을 뜨면 다
시 현실로 돌아오는 그런 허무한 체험 따윈 나에게 의미가
없다. 태희와 태주의 엄마로 살아봤으니 이젠 온전히 나 자
신을 위한 인생을 살아보는 거다. 그게 비록 가상의 삶이라
하더라도 그 안에서 행복하게 인생을 마무리하면 그걸로 족
하다.

이번 대선 후보로 나온 정치인 중에는 드림 포에버 센터
를 폐쇄하겠다는 공략을 내건 사람도 있었다. 사람의 목숨
을 상업적으로 이용해 먹는 파렴치한 장사꾼이라고 맹렬히
비난했지만 반대 의견도 만만찮았다. 사람들의 평균 수명이

길어지고 고령화 인구가 날로 늘어나는 현시점에서 대책을 세워야 할 거 아니냐고, 살고 싶은 사람을 죽이자는 게 아니라 죽고 싶은 사람을 죽게 놔두자는 게 무슨 문제냐고, 불행하게 사는 것보다 행복하게 죽는 편이 삶의 질을 높이는 거라 주장했다.

이른 저녁을 먹고 대선 후보들의 토론을 보고 있는데 잔뜩 술에 취한 태주가 들어왔다. 집을 나간 지 일주일 만이었다.

"씨발, 거기 가서 확 다 불 싸질러 버리기 전에 포기하라고!"

엄마가 돼서 이러는 게 말이 되냐며 바닥에 주저앉아 고래고래 소리를 지르던 태주가 갑자기 '흑!' 하고 눈물을 터트렸다.

"엄마, 그건 가짜 인생이잖아. 결국은 다 허상이라고."

"사람은 누구나 죽어. 네가 반대해도 엄마는 계속 방법을 찾을 거야. 그러니까…"

"할머니가 아빠 장례식장에서 했던 말, 나 아직도 생생하게 기억해. 독한 년이 남편이 죽었는데 눈물 한 방울 안 흘린다고. 근데 난 엄마 이해했어. 아빠가 비겁한 선택을 한 거니까, 우리랑 엄마 놔두고 그렇게 가버린 게 미워서 그런 거잖아. 근데 이건 진짜 독한 거야, 알아?"

"독하게 사느라 너무 지쳤어."

이미 전투력을 상실한 내 눈앞에 수천 명이 넘는 적들이 덤비는데 총알이 한 발 남았다면 나를 쏘는 게 맞다. 마지막 한 발의 총알, 내가 그곳을 선택한 이유였다. 무슨 말을 해도 태주에겐 내 말이 비겁한 변명처럼 들리겠지. 순순히 동의해 줄 거라 기대하진 않았다. 그렇다고는 해도 이대로 포기할 순 없다. 10년을 준비해 온 일이다. 다른 방법을 찾아야 했다.

상담센터에 연락해 보았지만, 그쪽에서 방법을 찾아줄 수 없다고 했다. 4단계를 선택하는 고객님에게는 가족의 동의가 반드시 필요하다는 답변이 돌아왔다. 막막한 마음에 인터넷으로 '4단계 체험, 가족이 동의하지 않을 경우'라고 쓴 뒤 검색해 보았다. 올라와 있는 글 중에 '가족대행 알바'라는 제목의 글을 클릭했다. 회원가입을 한 뒤, 내용을 읽어보니 결혼식이나 각종 행사에서 가족대행 아르바이트를 해주는 업체에 대한 안내만 나와 있을 뿐 내가 원하는 답변은 아니었다. 심란한 마음으로 하루를 보내고 탈의실에서 작업복을 갈아입고 있는데 스마트워치 알림이 울렸다.

"음성 메시지로 전환."

'4단계 대행 알바 필요하세요?'

"제 번호를 어떻게 알고 연락한 건가요?"

음성문자를 전송해 보내자 바로 답변이 왔다.

'일단 만나서 얘기하죠.'

약속 장소와 시간을 알려준 다음, 메시지는 바로 삭제되었다.

룸 카페 4-B에는 검은 선글라스를 낀, 30대 초반 정도로 보이는 젊은 남자가 모자를 눌러쓰고 앉아있었다. 탁자 밑으로 다리를 달달 떨고 있는 모습이 왠지 불안해 보였다.

"저, 혹시 문자 보내신…."

남자는 고개를 까딱하더니 바로 일 얘기를 시작했다.

"거기가 워낙 철저하게 검증하는 곳이라 쉬운 일이 아니에요. 위험 부담도 크고. 솔직히 말씀드리자면 성공한 경우는 딱 두 번 있었습니다. 그중에 한 번은 고객님이 결국 포기하셨지만."

"포기한 이유가 뭔지 알 수 있을까요?"

일을 맡겼던 60대 초반의 남자고객은 아내가 병으로 죽자 4단계 체험을 신청했다. 평생 아내 속만 썩이고 다정하게 손 한번 잡아주지 못한 게 한으로 남았다며 꿈속에서라도 좋은 남편으로 살아본 다음 떠나고 싶다는 이유에서였다. 하지만 딸의 반대에 부딪쳐 대행 알바를 쓰게 됐고 결국은 승인을 받아냈다. 하지만 우습게도, 아내와 신혼을 보냈던 춘천으로 마지막 여행을 떠난 길에 한 여인을 만나게 됐다. 자기와 비슷한 아픔을 가진 그 사람과 남은 생을 함께 보내고 싶다는 마음에 결국 4단계 체험을 포기했다는 얘기였다.

"왜 그런 거 있잖아요. 남들이 뜯어말릴 땐 기어이 해야겠다 싶다가도 '그래, 너 죽어라.' 이러면 죽음이 좀 덜 마렵다고 해야 하나. 어찌 됐든 잘된 거죠. 우리야 뭐 수고비는 받았으니까."

서류는 위조하는 게 비교적 쉽지만 제일 힘든 게 대면 미팅이라고, 아들 역할을 할 대역을 찾는 게 쉽지 않다고 했다. 그 외에도 미팅 때 주로 오가는 질문들이 있으니 미리 숙지할 수 있도록 필요한 정보를 메신저로 보내놓겠다고 했다. 일단은 아들의 키와 몸무게, 그리고 사진 여러 장과 신분증 바코드를 찍어 보내 달라고 말한 뒤 남자는 검은 마스크를 쓰고 사라졌다.

드디어 미팅 날짜가 잡혔다. 드림 포에버 시티로 가는 내
내 심장이 둥둥 뛰었다. 오랜 시간 기다려왔던 설렘과 알 수
없는 두려움, 거기다 아이들에게 미안한 마음이 더해져 복
잡한 심정이었다. 나보다 먼저 와있던 아들, 아니 아들의 대
역인 미키 씨가 초조한 얼굴로 대기실에 앉아있었다. 이곳
에 오기 이틀 전 미키 씨를 만나 주의해야 할 것들에 대해 사
전에 말을 맞춰두었다. 신분 바코드를 확인한 다음 직원이
안내해 준 미팅룸으로 들어갔다. 오래 자란 나무를 세로로
두툼하게 잘라낸 커다란 원목 탁자 앞에 회색 양복을 단정
히 차려입은 남자와 내 또래로 보이는 여자가 앉아있었다.
몇 가지 의례적인 질문이 오간 뒤 남자가 물었다.

"이태주 씨는 어머니 서지은 씨의 결정에 동의하십니
까?"

잠시 고개를 숙이고 있던 미키 씨가 대답했다.

"사실, 이곳에 오기까지… 힘든 시간이었습니다."

"네. 물론 그러시겠죠."

"아버지가 그렇게 떠나고 난 뒤, 엄마 혼자 고생을 많이

하셨거든요."

코를 훌쩍이던 미키 씨가 내 손을 잡았다.

"이젠 어머니가 원하는 것을 해드리고 싶습니다."

진짜 태주였다면 어떻게 대답했을까. 탁자를 엎어 버리거나 큰소리로 욕을 퍼붓고 나가버렸을지도 모른다. 술을 마시고 들어온 날, 절대 꿈도 꾸지 말라고 소리를 지른 뒤 태주는 짐을 싸서 나가 버렸다. 마음을 바꾸기 전까진 자기를 다시 볼 생각 말라고.

남자와 여자가 번갈아 가며 던지는 질문에 미키 씨는 성실히 대답했다.

혹시라도 지금의 결정을 후회하지 않겠냐고 여자가 물었다.

"후회할 겁니다. 그걸 알면서도 이 자리에 나와 있는 건, 제 욕심으로 엄마를 붙잡아 둔 걸 더 크게 후회하지 않기 위해서겠죠…."

태희에게는 중증장애가 있어 서면 동의서만 제출하면 된다고 했다. 그나마 다행이었다.

일주일 후, 드림센터로부터 승인이 떨어졌다는 연락을 받왔다. 대행 아르바이트를 소개해 준 남자에게 나머지 수고비를 건네고 고맙다는 인사를 전했다. 이제 태희를 공동 주택에 입소시키는 일이 남았다. 장애인 복지공단에 전화를 걸어 날짜를 정하고 필요한 서류를 준비했다. 그곳에 들어가기 전, 적응할 시간이 필요하므로 앞으로 일주일간은 자립 주택에서 하루 6시간씩 지내게 된다.

아침에 태희를 그곳에 데려다 놓고 챙겨 보낼 물건들을 꼼꼼히 골랐다. 돌고래가 그려진 분홍색 잠옷 세 벌과 새 이불을 마련하고 피부가 예민한 딸아이를 위해 순면 재질로 만든 생리대와 속옷도 넉넉히 챙겨두었다. 앞으로는 정부 지원금으로 태희에게 필요한 물품들이 지급되겠지만 그래도 내 손으로 준비해 주고 싶었다. 일상생활에서 주의해야 할 점과 처방받을 약 목록도 꼼꼼히 적어 담당 선생님께 메일로 보냈다.

집을 떠나기 전에 해두어야 할 것이 생각보다 많았다. 색이 바랜 낡은 속옷들과 오래 입어 구멍이 난 티셔츠도 모두 버렸다. 나중에라도 태주가 그걸 보며 가슴 아파할지도 모른다. 엄마가 남겨두고 간 초라한 껍질 같아서…. 테이프로 붙여 쓰거나 작동이 제대로 되지 않는 가전제품을 모두 정리하고 장례절차에 필요한 돈을 봉투에 넣어 안방 서랍에 넣어두었다. 그리고 태주에게 편지를 썼다. '미안하다'는 말은 하지 않았다. 누나를 잘 부탁한다는 말 대신 가끔 찾아가 봐 달라고만 썼다. 태주에게 연락이 갈 때쯤이면 나는 이미 떠나고 없을 사람이었다.

태희를 데려다 놓고 오며 너무 많이 울어서인지 아침에 일어나 보니 눈이 퉁퉁 부어 있었다. 다행히 딸아이는 내게 웃는 얼굴로 손을 흔들어주었다.

"어마… 자 가. 어마… 우서."

마치 다 안다는 듯, 잘 가라며 몇 번이고 고개를 끄덕였다. 그런 태희를 떼어놓고 집으로 돌아와 딸아이의 베개를 껴안고 밤새 울었다. 가슴이 미어질 것 같았다. 지금이라도 뛰어가 다시 데려오고 싶지만 태희와 함께 늙어갈 자신이 없었다. 그래, 난 독한 년이니까 하룻밤만 독하게 마음먹고 버티면 된다. 욕실로 들어가 온몸을 구석구석 깨끗하게 씻고 단정한 옷으로 갈아입은 다음 곱게 화장을 했다. 아이들에게 보여줄 마지막 모습이었다. 그리고 친구 집에서 지내고 있다는 태주에게 문자를 보냈다. 밥 잘 챙겨 먹고 술 많이 마시지 말고 건강 챙기면서 일하라고. 전화를 걸어 목소리라도 듣고 싶지만 마음이 약해질 것 같아 차마 그것까진 하지 못했다.

정체된 길 위에 서있던 버스가 윙윙 소리를 내며 환기 시스템을 작동시키고 있었다.

남편이 처음 버스를 몰고 거리에 나온 날이 생각났다. 두아이와 함께 그 버스를 타고 우리는 시내 곳곳을 돌아다녔다. 신호를 받고 잠시 멈춰서 있거나 정류장에 들를 때마다 아이들과 나를 향해 힘껏 웃어주던 남편의 얼굴, 태희와 태주의 작은 손을 잡고서 박수처럼 마주 웃어주던 내 모습. 저녁 밥상 앞에 가족이 모여앉아 함께 밥을 먹는 그런 작고 소박한 행복마저 왜 내겐 허락되지 않았을까….

버스에서 내리려는데 태주에게서 문자 두 개가 연달아 들어왔다.

'이제 다신 그런 생각 하지 마. 내가 더 잘할게. 누나한테도.'

'그리고 나, 엄마한테 보여주고 싶은 사람이 있어. 이번주말에 함께 갈 테니까 오랜만에 다 같이 집에서 삼겹살 구

워 먹자. 알았지?'

좀 더 일찍 아들에게 이런 문자를 받았더라면 돌아설 수 있었을까. 아니, 이젠 너무 늦어버렸다. 죽을힘을 다해 헤엄치는 사람은 돌아갈 힘을 남겨두지 않는다. 되돌리기엔 너무 멀리 와버렸다. 스마트폰의 전원을 끄려는데 이번엔 복지사 선생님에게서 전화가 걸려왔다.

"어머니, 태희가 아침부터 계속 흥분 상태라 아무래도 잠시 와주셔야 할 것 같아요."

전화기 너머로 서럽게 우는 딸의 목소리가 들려왔다.

"지금 제가 어딜 좀 가야 해서… 죄송해요."

"그럼 언제쯤 오실 수 있나요, 일단은 태희하고 통화 좀 해보시겠어요?"

"아, 아뇨. 제가 조금 있다 연락드릴게요."

그러고는 서둘러 전원 버튼을 눌러 꺼버렸다. 화면이 사라졌다. 태희도 태주도 이젠 없다. 생각이 많아지면 통증도 깊어지는 법이다. 곧바로 58층으로 올라가 대기실로 갔다. 문을 열고 들어서자 흰 가운을 입은 여자가 내 이름을 불렀다.

"서지은 씨?"

"네."

"동행인은 없으신가요?"

"혼자 왔습니다."

누군가 내 목덜미를 잡아채기라도 할 것처럼 어깨를 웅크리고 여자를 따라갔다.

신분 바코드를 인증하고 가지고 온 소지품을 보관박스에 담았다.

체험실 내부는 마치, 지구의 문턱을 넘어 우주공간으로 들어온 것처럼 어둡고 고요했다. 둥글고 푹신한 의자 곁으로 복잡한 기계들이 늘어서 있었다. 그곳에 눕자 내 몸에 동맥처럼 붉고 푸른 선들이 연결되었다. 맥박이 뛰듯 규칙적으로 들려오는 기계음 소리가 마치 엄마의 손처럼 등을 토닥여 주었다. 무거운 눈꺼풀이 얇은 빛을 덮으며 잠으로 빠져들었다….

저 멀리서 계집애들의 웃음소리가 들려온다.

"지은아, 서지은!"

친구들이 내 이름을 부르고 있다.

어둠 속에서 밝은 빛을 향해 나는 천천히 눈을 떴다.

작가의 말

세 번째 책이다. 처음 나온 책은 일곱 편의 단편을 묶어 만든 소설집이고 두 번째는 에세이였다. 그리고 이번엔 다시 소설이다. 첫 책에 실린 글은 소설이 뭔지도 모른 채 마음 가는 대로, 손 가는 대로 그냥 써 내린 것이기에 아쉬움이 많이 남았다. 다음에 소설집을 내게 되면 좀 더 성숙하고 좋은 글을 써야지 다짐했건만, 부끄러움은 여전하다.

가족을 위해 죽어라, 일만 하며 살아온 오순정과 마음속에 품고 살아온 막연한 꿈을 놓지 못하는 김종만, 그리고 이런 엄마와 아빠를 보며 자란 맏딸 김하나. 이들 가족의 이야기를 쓰며 버스나 마트, 길거리 어디에서나 그들의 얼굴을 보았다. 그냥 살아가고 있지만 그렇다고 그냥 살아지는 건 아닌, 삶의 고단함에 대해 자주 생각했다.

배경이 2044년인 「드림 포에버 시티」를 쓸 때는 참 힘들었다. 자식을 남겨두고 죽으려 하는 엄마의 심정을 독자에게 설득해 낼 수 있을까, 자신이 없었다. 나라면 어떻게 했을까. 그래도 살아야 하는 게 맞는 건 아닐까. 이 글이 누군가에게는 상처가 될 수도 있지 않을까, 그런 고민을 하다 보면 더 자신이 없어졌다.

이 외에도 한 편, 한 편의 소설이 끝맺지 못하고 방황하며 돌아다니다 마감 날짜를 얼마 남겨두지 않은 상태에서 근근이 마침표를 찍었다. 아직은 쉼표나 말 줄임표가 더 필요한 이야기들이지만 더 많은 시간이 있다고 한들 지금과 크게 달라지지 않으리라는 생각도 해 본다.

가끔 사람들은 나에게 묻는다. 언제 글을 쓰냐고, 아르바이트하느라 글 쓸 시간이나 있었냐고. 그런 질문을 받으면 부끄럽다. 힘든 와중에도 열심히 글을 써 짧은 시간 안에 세 권의 책을 내게 된 사람으로 봐주는 거 같아서. 각 잡고 앉아 써내야지, 하는 마음으로 글을 쓰진 못한다. 편의점에서 아르바이트하다가 떠올린 이야기 「로또」, 목이 해진 남편의 겨울 코트를 보고 '아름다운 가게'에 옷을 사러 갔다가 쓰게 된 「자전거의 기울기 23.5°」, 곱창집에서 일하며 고단한 일상에 대해 끄적이기 시작한 「오순정은 오늘도」 그리고 힘들게 가족을 부양하고 있는, 가정을 지키느라 죽을 뻔한 엄마들을 떠올리며 썼던 「드림 포에버 시티」, 장애를 갖고 태어난 아이 때문에 가족이 겪어야 하는 고통과 아픔에 대해 쓴 「리틀 몬스터」….

이 소설집은 하나의 생각과 한 줄의 끄적임으로 쓰기 시작한 이야기들이다. 많은 시간과 노력과 고민이 들어간 글은 아니지만, 하루하루의 일상을 살아가고 있기에 가능한 일이었다. 그리고 무엇보다, 나를 믿고 격려해 주며 응원해 준 사람들이 있었기에 조금씩이라도 글을 써나갈 수 있었다. 그분들의 얼굴 하나, 하나를 떠올려 보니 코끝이 찡해진다….

"진심으로 감사합니다. 그리고 사랑합니다. 더욱 열심히 살겠습니다."